松村涼哉
Ryoya Matsumura

15歲的恐怖分子

輕文學
Light Literature

『我在新宿車站設置了炸彈，這不是騙人的。』

爆炸預告被上傳到影片共享網站上。

影片裡面有一位少年淡淡地述說著。

『全都炸爛吧。』

所有人都以為這是個玩笑。

影片留言欄陸續出現像已報警，以及謾罵或毀謗少年的內容，沒人認真看待。

但這並非虛假。

在影片發佈的短短一小時之後。

一月十五日，星期二，八點十七分，ＪＲ新宿站中央線月台爆炸了。

被認為是主嫌的少年相關資料立刻傳開。

就讀東京都內函授高中的少年。

十五歲。

震撼全日本的少年犯罪案就此揭開序幕。

1

『日期完全沒有前進。』

這是長谷川的發言。

第一次訪問的時候，他滿臉苦悶地說道：

『從案發當天開始，一天也沒有前進。即使撕下日曆、腰痛症狀惡化，甚至進入新的一年，一直停滯著。感覺今天就是案發當天。』

長谷川是那樁少年犯罪案的受害者。正確來說是受害者遺屬，但只能用受害者稱呼他，因為他也是生活被毀了的人。

安藤有時會想起他說過的話。

日期沒有前進。

無論過了多少時間，都無法治療心傷。雖然人們說時間將風化所有感情，但這僅限於事情獲得能令人接受的解決結果時；若事情帶來的結果不合理，就不會這麼好過。無論時間怎樣流逝，都只將帶來焦躁與空虛。

在少年犯罪的現場會頻繁地遇到這樣的受害者。

所以自己才會以記者身分行動吧。

希望至少能讓他們的日期前進。

「多虧有安藤先生，我的時間總算稍稍開始流動了。」

安藤聽到這番話，是在遇到長谷川過了半年之後。

「我總算能接受了，因為警察和家事法院都不會告訴我，加害者究竟是多麼惡劣的人。」

哭紅了眼的長谷川低下頭。

安藤表示希望他抬起頭。

「在少年法庭，似乎是當成少年之間的爭執進行審理。」

長谷川打開話題，接著嘆了口氣繼續說：

「不過依據安藤先生的採訪，實際上是單方面施暴的行為對吧？在現場除了小犬之外還有五位少年，怎麼可能會有一打五這種事情呢，一定只是小犬被叫去動了私刑，但筆錄上面卻寫成一副小犬有錯的樣子，這就代表檢調單位根本沒有進行搜查對吧？」

安藤點頭。

加害者的年齡在當時只有十三歲，是少年犯——也就是未滿十四歲，不會受到刑事罰則的年紀，所以這並不是檢調單位能夠插手的案件。

害死長谷川兒子的少年，最終判決是送進少年感化院。

考量到犯案人年紀只有十三歲，這已經是最嚴重的罰則了，但受害者不可能接受吧。

「長谷川先生有提起民事訴訟嗎？」

安藤詢問，長谷川用力頷首。

「是，這是當然，雖然說錢不是一切，但我想盡可能提高賠償金額。」

「我會盡全力協助你，也會告訴你沒有寫在報導裡面的情報，我甚至知道誰願意出面作證。」

「您幫我這麼多真的好嗎？您應該很忙碌吧。」

「因為我是記者啊。」

安藤伸出手。

「希望能盡量為令郎洗刷冤屈，讓我們一起加油吧。」

長谷川抓住安藤的手，很高興地握了好幾次。

他的眼角擠出了皺紋，這是一張比半年前爽朗許多的笑容。

安藤與他道別，環顧了會場。演講雖然結束了，但還有許多人留在會場，彼此熟識的參加者們正在互相報告近況。

這是一處約能收容兩百人左右的空間。

正面垂著一塊布幕。

上頭寫著「少年犯罪受害者集會」幾個字。

這裡舉辦的活動內容是讓受害者家屬進行演講、由專家分享近年少年犯罪的現況，以及與之相關的少年法案說明報告。

此一集會每兩個月會召開一次，安藤也會盡可能地到場參加。

「安藤先生，好久不見了。」

背後傳來一道強而有力的聲音。

一回頭，就看到一位身穿黑色西裝的大個子男性在那兒。

安藤邊低頭示意邊說：「比津老師，您好，好久不見了。」

「別叫我老師，我不喜歡別人這樣稱呼我。」

大個子男性苦笑。

比津修二，是隸屬於法務委員會的眾議院議員，同時是活躍於執政黨的年輕議員。外表堅毅，幾年前進入政壇時還造成一股話題。在少年犯罪議題上屬於急進派，有時會因為過於激進的言論而受到批評，但實質上抱持質疑的態度的確帶有一股霸氣。安藤對他的印象，就是他跟那種只會擺著好看的議員不同。

他跟比津是在這個集會上認識。

比津似乎也是在繁忙的行程之中抽空出席。

「上個月《週刊真實》刊載的報導是安藤先生你寫的吧？連加害者的生長環境都多有著墨，非常有看頭呢。」

比津會稱讚安藤所寫報導內容或切入點，似乎不只是隨口說說罷了。

那是一篇不具名報導。若不是真的讀得很透徹，無法察覺出記者的寫作習慣。

「比津先生，關於修法這邊是不是有什麼進展？」

「不不，安藤先生你也知道的吧？關於少年法適用年齡下修的議論確實正推進著，只是律師和協助更生的人們強烈反抗。」

這是從修改民法開啟的議論，不光是選舉權和民法，也打算將少年法的適用年齡從未滿二十歲下修到未滿十八歲。

這項議論究竟會走到怎樣的結果呢？

安藤自己也無法做出明確的預測。

「哎，我是能理解反對派的主張啦。」比津露出苦笑。「因為少年法原則上規定若是成人將不予起訴的案件，也必須在家事法庭審理，一旦適用年齡下修，便會產生是否造成放任非行少年四處跑的疑慮。我雖然贊成下修，但也無法否認究竟要下修為十八歲，還是十九歲之類的議論餘地還多著了。」

「對十八歲以上加害者少年的重罰，似乎也還要繼續議論下去呢。」

少年法修法很花時間這點不是現在才有的問題。

安藤詢問：

「也就是說對未滿十八歲的重罰還早得很了？」

比津表示同意。「沒錯，距離下次修法還要花很多時間吧。」

一旦法律修改，在確定這些修改造成的影響為何之前，議員和官僚都會猶豫要不要進行下一步修改。首先修法認定十八歲以上的少年為對象就要花好幾年，接著再花好幾年檢視效果，還要再過幾年才會開始議論重罰未滿十八歲對象等相關事項，進一步修法需要耗費相當時間顯而易見。

比津邊嘆氣邊開口：

「國民真正不滿的點其實在這邊，與未滿十八歲罪犯相關的法律部分吧。以現行法律來說，十八歲以上甚至可以判處死刑，問題在要怎麼懲治國際法中規定，無法處以極刑的未滿十八歲非行少年。」

安藤點頭同意他的說法。

雖然容易造成誤解，但加害者若是十八歲以上，就可以處以死刑。而若沒有判處死刑，那就跟少年法沒有關係，而是法院的死刑判決基準問題了。

比津繼續說明，不知他是否蘊含怒氣，聲音愈來愈大。

「未成年罪犯只要不是窮兇惡極，就會在非公開且安穩輕鬆的少年法庭審判，甚至不會留下前科。不僅不會實名報導，就算決定送去少年感化院，但原則上刑期最長也是在兩年以內，大概只要一年或一年半就能回歸社會。因為未滿十八歲無法處以死刑，即使犯下該判處無期徒刑的罪，也得以緩刑為有期徒刑。而未滿十四歲的罪犯甚至不管犯下怎樣的滔天大罪，都難以將之定罪。」

比津抱怨似地說道。

「實在不能不說這樣的處分太輕了。」

安藤回想起方才長谷川的表情。

那對充滿苦悶與不甘的雙眼。

「是的。」他回話道。「與受害者能接受的法律相去甚遠——這就是現況。」

在二〇一四年也修正過少年法，雖然方針走向加以重罰，卻不是受害者能夠完全接受的修法。

安藤想起幾項條文。

第五十一條「針對犯罪時未滿十八歲的對象，當必須判處死刑時，當改判處無期徒刑。」、第二十二條「審判需以懇切為宗旨，除需平穩進行之外，更要敦促犯案少年發自內心自省本身非行。」「審判不予公開。」、以及第六十一條「禁止撰寫相關報導。」

非難聲浪主要就是針對這幾項條文吧。

反對國家如此體恤保護非行少年的聲浪非常大。

而同時彷彿要為這些聲浪背書一般，出現許多受到少年法保護的兇狠罪犯創作內容，更足以證明有許多人為此憤怒。

當然，安藤也是對現行少年法抱持懷疑態度的人。

比津像是在演講一般說出收尾的話。

「安藤先生，我認為現在是國民該要面對少年犯罪的時候了。雖然我們是政治家和記者，彼此的立場不同，但讓我們一同努力吧。」

這發言很有受國民喜愛政治家的風範。

安藤不禁在內心發笑。

但他絕對不會表現出來，表面上只表示同意。

安藤寒暄幾句之後向比津告辭，他還有其他需要打擾的對象。雖然一部分是基於身為記者的正義感使然，同時這裡也算是生意場合。安藤是專門報導少年犯罪的記者，這場集會的參加者也是他的採訪對象。

他拿出記事本重新確認，是否還有沒有拜會過的對象。

這時候，突然發現。

話說「那孩子」最近都沒來。

那天，安藤直到深夜才返家。

他家是位在新宿區的電梯大樓房，一個人住在備有客廳、餐廳、廚房的兩房格局房內，沒有人同住。

之前有過。

他看了看擺設在房內的照片，裡面有一位女性露出溫柔的笑容。

井口美智子，是從大學時代就跟安藤交往的女性。

安藤心想，說日期不會往前推進真的沒說錯。

從那件事發生已經過了三年，但一閉上眼，那些他和美智子同居的日子——從她一臉疲憊地說著怨言，到她常常烤的奶油餅乾，便會有如昨日一般歷歷在目。

安藤簡單用過餐後，立刻躺在床上。除了新聞節目外，他沒有看電視的習慣，也沒有在應酬場合之外品酒的嗜好，回到家只剩下睡覺。從三年前起，除了工作之外他就找不到其他事情好做，他打算就這樣睡下去。

之後，比津的話閃過腦海。

『安藤先生，我認為現在是國民該要面對少年犯罪的時候了。』

這是一句很像政治家會說的誇大言詞，在少子化、高齡化與非正規雇用相關議題方面也是一樣，政治家總之喜歡用一些誇大的說法。

當然，安藤也覺得有更多人關心少年犯罪是好事。但諷刺的是，人們之所以對少年犯罪產生興趣，永遠都是在發生了兇殘的犯罪之後，而這之中必定有受害者產生。

像自己這樣，情人被奪走的人。

如果沒有發生民眾必須面對少年犯罪的案件，當然是再好不過。

安藤立刻睡著了。

他從沒想過，沒想到比津這番話竟成了預言。

安藤被吵鬧的電話鈴聲吵醒。

他伸手拿起智慧型手機，是總編小林打來，並下達了「安藤，你馬上過來」這般不容分說的命令，甚至連道個早都沒有。這狀況還滿常有。

既然自己被叫去了，應該就是跟少年犯罪有關的事情吧。

安藤不禁想抱怨真煩，但還是馬上起身準備出門。

跨上腳踏車。畢竟是一月半的早晨，冷冽的空氣刺痛耳朵。儘管安藤因陣陣寒風皺眉，仍心無旁鶩地踩著踏板。

《週刊真實》的編輯部在代代木站附近。

隨著接近車站，安藤立刻察覺了異狀。路上行人比平常多，而且有很多人駐足不前，直盯著手機瞧。計程車排班站甚至出現塞車狀況。

電車似乎停開了。

為什麼呢？又沒有下雪。

安藤疑惑著路上行人的數量，抵達了編輯部。他所屬的《週刊真實》編輯部裡，沒有所謂的整齊清潔，無論哪一張桌子上都堆滿了為數驚人的文件，狀況悽慘到無法馬上看出究竟誰在辦公室裡。

安藤小心不要碰倒文件堆，往小林的辦公桌過去。一位有些肥胖的男子正在桌前盯著電腦螢幕，他就是小林。

小林發現安藤到來，用手指了指電腦螢幕。

「安藤，你對這影片裡的小鬼有印象嗎？」

「影片？」

「今天早上，一段犯案預告上傳到網路，連結似乎傳送給了各家鐵路公司。這就是造成電車停駛的原因。」

那是個很有名的影片網站，該影片的播放次數約有三萬左右。

一位少年在灰色的牆壁背景前站著。

那是一個五官端正的少年。眼鼻線條明確，眼睛睜得大大的，皮膚白皙，搭配那張還留著些許稚氣的長相，給人一種中性的雰圍。

少年說道：

『儘管沒有確切證據顯示這段犯案預告為真，但相對的有方法顯示這不是開玩笑。讓我告訴各位我的個資吧，我會照順序報上我的姓名、年齡、就讀學校等資料。渡邊篤人，十五歲，學校是——』

少年毫不猶豫地接續說下去。

這是什麼啊？

安藤無法別開目光，少年正在螢幕裡瞪著攝影機。

『我在新宿站設置了炸彈，這不是騙人的。』

少年有如丟話一般說道。

『全都炸爛吧。』

影片隨著意義深遠的話語結束。

安藤口中發出呻吟。

這位少年是——

「安藤？」小林問道。

安藤先深呼吸一口氣，並伴隨嘆息吐出話語。

「應該是惡劣的玩笑，不然就是被霸凌加害者強迫的。」

「有前例嗎？」

「我看過一些發在網路上的爆炸預告或殺人預告，也知道有些犯罪行為被拍攝下來上傳到網路。但我沒看過不僅親自露臉，甚至報上名號的犯案預告前例。」

「這足夠讓各路電車緊急停駛了。這小鬼會有什麼下場？」

「儘管惡質，但因為他才十五歲，會看家庭環境狀況，先去少年收容所之後，再判斷是觀護處分或者送少年感化院吧？」

「果然不會吃牢飯啊？」總編瞇細眼睛。

安藤搖搖頭。

如果沒有非行前例，最終應該是觀護處分吧。

「好，安藤。」總編有些樂地拍了拍手。「去找專家來評論一下，將類似案件統整起來寫一篇報導。畢竟平日一早電車就停駛了，這話題性很夠。」

「知道了。」

在總編催促之下，安藤往自己的辦公桌過去。他先挪開堆疊在桌上的文件後，打開電腦，再次確認造成問題的影片。

沒有錯。

不管看幾次都不會錯，那是安藤認識的少年。

為什麼要做出這種蠢事。

安藤很不想處理這個案子，但只能照實跟總編報告。

正當他起身的瞬間，一通電話打進編輯部。

接起電話的同事聲音中帶著焦躁，他掛掉電話之後大喊：

「據說新宿車站出現了爆炸聲！」

小林的判斷非常迅速。

安藤成了案件負責人，考量到整個案子的規模，還派了一個人支援。

派來支援的是才剛到職沒多久的菜鳥記者，名叫荒川，主要負責影劇新聞，平常都是被老鳥記者呼來喚去跑腿。記者這種職業不知為何，會因為負責的項目而產生不同特質。負責影劇新聞的記者大多喜歡開心的話題，荒川就是這種典型。他是個留著長髮的年輕男性記者，甚至會讓人誤以為是求職中的大學生。

離開編輯部後，安藤拍了拍荒川的背。

「少年犯罪本來就夠麻煩的，打起精神來。」

安藤的鼓舞行為讓荒川不滿地說道：

「這真的是少年犯罪嗎？」

「你想說什麼？」

「雖然還不知道炸彈有多大規模，但小孩子有辦法準備炸彈嗎？說不定只是利用未成年做出爆炸預告，另有幕後黑手喔。」

「實際上就有三過氧化三丙酮這個案例。」

荒川回問：「那是什麼？」

「它有個誇張的名字叫『惡魔之母』。在法國是實際上用在恐怖行動中的炸彈，雖然難以管理，但製造本身很簡單。」

「意思是說十五歲也做得出來？」

「在日本有過十九歲少年成功製造的案例，十五歲或許也有可能做得出來。」

製造法只要上網就能查到，而且所需材料都能輕易入手。

當然，製造炸藥跟實際使之爆炸完全是兩回事。要實際造成爆炸案，還牽涉運送炸藥、設置引爆裝置等進一步的相關技術細節。

所以完全沒想到真的會成案。

「而且關於幕後黑手的可能性也很難說。」安藤接續說道。

「為什麼？」

「我認識這位少年。」

安藤回想起他。

「渡邊篤人，有著一對乖巧、溫柔的眼睛，是個與犯罪組織沒什麼關聯的孩子。」

所以才不懂。

到底發生了什麼事，才會讓他誤入歧途成了恐怖分子。

安藤馬上就會知道。

發生爆炸的地點是平日的新宿車站，八點十七分。

放置在ＪＲ中央線月台的行李箱爆炸了，現場留下了名為漏斗口的顯著爆炸痕跡。

挖開一塊凹洞坑的月台照片，被當成說明爆炸威力的資料，率先報導了出來。

渡邊篤人的恐怖行動震撼了全日本。

2

我凝視著「聲音」。

這彷彿我的日課。

在一片漆黑的場所，悄悄啟動智慧型手機，打開某篇報導的頁面。

新聞網站上寫滿了無數留言，包括下流不堪的咒罵和溫暖的安慰話語。大多數留言都表示了對案件的憤怒。

我一字一句，毫不遺漏地讀出那些「聲音」。

在瀏覽該頁面的時候，我的左手摸著兩樣東西：一是把雪花蓮護貝加工而成的卡片，裡面收藏著一片枯萎的花瓣；還有一把老舊的菜刀，這兩者都是我的寶貝。

我關掉智慧型手機電源，再次被黑暗包圍。

視野之中只有一片漆黑。

耳中還留有方才的「聲音」迴盪。

完成這樣的常規，我的情緒才總算得以和緩。

・・・

一位少女佇立在積雪道路上。

這是一座寒冷的小鎮。明明還是十一月下旬，但已經下起雪了。雪似乎已經連續下了好幾天，道路兩旁堆起了小雪山。這般降雪量若在東京足以引起恐慌，不過這個瞬間雪仍持續飛舞。灰色雲朵遮蓋陽光，天氣非常寒冷，光是待在屋外就有可能凍死的程度。

我造訪了這樣的小鎮。

然後發現一位少女。

她沒有撐傘，佇立在雪中。看起來是高中女生，不然就是國中女生吧。厚重的大衣底下依稀可見深藍色裙子，應該是制服吧。

少女站在道路旁，凝視著農田。裡面種植了什麼呢？

她這是在做什麼呢？

少女頭上積了一堆雪，她似乎也發現我的存在，我倆對上了眼。

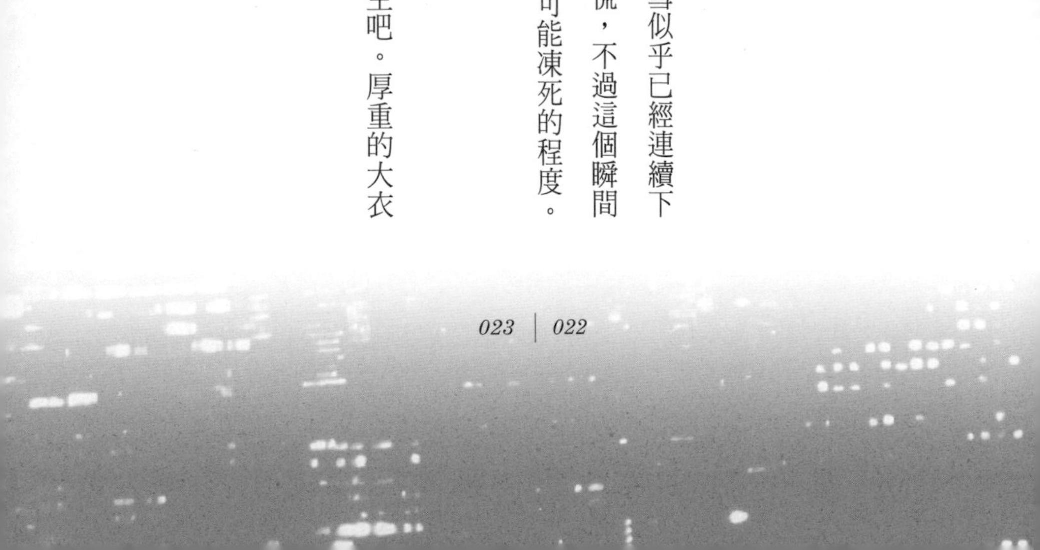

我吃了一驚，因為我見過她。

她的容貌端正，右眼下方的哭痣給人一種空靈的印象，一頭美麗的過肩長髮，應該是讓原本就小小的臉顯得更小的原因之一，但相對的她有一雙大大的眼睛，增添她的存在感。

我猶豫著要不要出聲問候，但馬上就做出結論。

持續行動。

「妳怎麼了？」我問道。「這樣會感冒喔？」

「那個……」少女似乎因為突然被搭話而困惑，急忙垂下了眼。「我在找東西。」

「找東西？」

「你有沒有看到一個錢包？」

少女以雙手大致比出大小，看起來是一個很普通的長夾尺寸。

「我沒看到耶，妳最後是什麼時候看過錢包的？」

「在前面的自動販賣機買可可的時候……」

我定睛凝視，看見在約百公尺前方的自動販賣機。

「那就是在這邊到那邊之間弄掉了吧。好，我幫妳找。」

「咦，這樣不好意思啊。」

「不過，也有可能被人偷走了吧？」

「沒關係的，我找過這邊和販賣機中間，也沒有找到。」

「這樣啊……」

她似乎因為和我說了話，就放棄了尋找，對我說：「我要回家了，謝謝你關心我。」並低頭示意。她在回家途中才像想起來一般撐起了傘，但是她的雙肩上已經積了一點雪。

我已經決定下一步該做什麼。

持續行動。

兩小時之後，我找到了錢包。

似乎是被人偷了，因為它掉在離販賣機很遠的地方。

她的錢包裡面收著學生證。

證件上面記載了她的名字梓，同時也記載了住址。

她家位在離車站不算太遠的地方。

那是一間氣氛寂寥的家。庭院明明有花圃，卻是寸草不生，可能是放棄園藝了吧，裡面甚至沒有土壤。

我經過花圃旁邊，來到門前，按下門鈴後，梓露臉了。

「是這個嗎？」我遞出錢包。

她睜圓了眼，交替看了看我和錢包。

「你一直在幫我找嗎？」她抬頭看了看天空。「在這種大雪裡？」

「因為我沒事做。」

「你不是住這一帶的人吧？」

「是啊，我家住東京，只是一般的觀光客。」

「明明是觀光客，卻花了兩個小時找錢包？」

「觀光客大多沒事可做喔。」

我也覺得我的說明很隨便，但一時之間實在想不到更好的說詞。

梓帶著一副無法接受的表情凝視著我，接著小小地「啊」了一聲。

「對不起，我忘了道謝……真的很謝謝你幫了我。」

之後，她提議讓我到她家裡面取個暖。

我原本覺得自己不過是撿了錢包，這樣也太厚臉皮，但被寒冷打敗的我決定接受她的好意。因為一直待在寒冷的氣溫之下，我的指尖都凍僵了。

脫去鞋子後，梓向我問道：

「你該不會跟我差不多大？」

「我十五歲。」

「啊，那差不多，我講話可以輕鬆點嗎？」

「好啊，我跟梓妳講話也沒有那麼客套。」

「你叫什麼名字？」

我稍微猶豫了一下，決定老實托出。

「渡邊篤人。」

她低聲地嘀咕：「那就是篤人了。」

我反問她：「妳要直呼名字？」她就說：「你不喜歡嗎？可是你也直接用名字稱呼我啊。」

這麼說來的確是。

真是一時失策。

「你沒有發現嗎？」梓笑著說。

「完全沒有。」我也笑著回她。

這就是我和梓的相遇。

梓的家人似乎非常喜歡花卉。

走廊被花卉海報填滿，幾乎貼了整面牆，已經可以算是壁紙的程度了。花卉的種類也是各式各樣，菊花、芙蓉、薔薇、牽牛花、香水百合、百合、繡球花、櫻花、秋海棠——沒有統一感。從海報的劣化狀況來看，應該不是一起貼上，而是陸陸續續增加上去的吧。

梓帶領我前去的和室也貼滿了海報。雖說都是一些美麗的花卉，但在和室裡面貼上西洋花卉的海報，感覺還是有些不協調。

我先跟梓示意過後，才將手腳鑽進暖桌裡面。我緩緩伸腳進去，一股暖意流入，原來我的身體已經凍成這樣了啊。

梓的母親似乎在廚房，我聽到兩人「誰來了？」「撿到我錢包的人。」的這般對話，感覺沒有要冷淡我的意思。

梓的母親從廚房探出頭，那是一位跟梓相像的纖細女性。

「你肚子餓了嗎？我做點什麼給你吧。」

母親看起來親切溫柔，又回到廚房了。

梓目送母親離開後，有些害羞地笑了。

「這樣會不會給你造成困擾？媽媽感覺想要大顯身手……畢竟平常做菜都沒有什麼回報。」

「妳們兩個人住嗎？妳是獨生女啊。」

「我原則上有個哥哥，但他暫時不會回家。」

梓在我對面坐下，然後突然「啊」了一聲，急忙抓住放在暖桌上的筆記拿了過去。

我至今都沒在意過那本筆記，但她這麼刻意地收起來，反而讓我介意了起來。我問說：「那是什麼？」只見梓抱著那本筆記說：「日記，你不要看。」

「是手寫日記啊，明明已經是有日記APP的時代了。」

「用APP的話，就不方便給其他人看了吧？」

日記是寫給人看的嗎？

我雖然有些在意，但沒多問，感覺她不想被人追問。

梓似乎也想換個話題，突然問我：「篤人對花卉有興趣嗎？」我反問：「花卉嗎？」

「附近有一座值得一去的公園，晚飯之後讓我帶你去吧，算是對於你撿到我錢包的謝禮。」

我不過是撿了錢包，竟然獲得了超乎想像的招待。

不過這感覺不壞，所以我帶著了解的意味點了點頭。

用過晚餐後，我跟梓一起出門。

如同她所說，公園就在附近，腹地內有著形形色色花朵，霓虹燈照亮了公園內，感覺藍白色燈泡和花卉真是不可思議的組合。明明是將人工產物與自然產物結合在一起，卻有非常協調的感覺。加上反射ＬＥＤ燈光的積雪，眼前的光景美麗到令人讚嘆。

梓對花卉似乎非常熟悉，正仔細地一一說明。裝飾在家中的海報，似乎是她的興趣使然。

我不知道原來有這麼多種花朵會在寒冷的季節綻放，三色堇和仙客來似乎就是。雖然我聽過這些花朵的名稱，但我也是第一次親眼看到，這些花朵竟然可以承受這樣的大雪呢。

走在公園裡的我，在一處花圃前停下腳步。

我讀出設置的看板上的文字。

「雪花蓮……」

這種花似乎還沒綻放。

嬌小纖細的葉片伸出，彷彿想打破沉重的積雪一般。

強而有力，沒有枯萎。

「你喜歡這種花嗎？」梓問我。

我搖搖頭說：「不算喜歡。」

她蹲在花圃前，指尖溫柔地撫著葉片。

「這樣啊，我也不算太喜歡吧，因為它帶著有點不吉利的傳說。『將這種花放在戀人的遺體上，肉體會化成花』。在某個地方這種花是死亡的象徵呢。」

死亡象徵——聽起來真不舒服，讓人掃興。

「我妹妹送過我這種花當生日禮物。」

梓驚訝地睜大眼睛說：「對不起，我說話太沒神經了。」我回她：「妳不用介意，只是可以讓我多看幾眼嗎？」

「明明還沒開花耶？」她一副覺得很奇怪地問道。

「嗯，妹妹給我的花苗已經枯萎了。」

因為附近有張長椅，我於是在那兒坐了下來。眼前有雪花蓮的介紹文字，記載了開花時期與原產地等情報。

我注意到「明治初期作為觀賞用花朵輸入日本」這行字。

我「咦」了一聲說：「原來這不是日本原產的花？」

「上面寫說原產地是歐洲呢。」梓說道。「確實我也沒聽說是日本原產。」

我覺得好像哪裡有些不對，但決定現在不要多想。

並且以「是喔，我都不知道。」一句話帶過。

接著默默欣賞植物。雖說這裡有屋頂遮蓋，但畢竟還是屋外，很冷。我把手伸進口袋裡，一直看著雪花蓮的花圃。

在美麗的公園之中，只有這個角落顯得寂寥。明明是那麼美麗的ＬＥＤ燈光和積雪，一旦伴隨了沒有綻放的花朵，只會散發出陣陣哀愁，但我卻無法別開目光。仰望天空，月亮已高掛在上，這不是很有韻味嗎？我覺得自己可以在這裡待上好幾個小時。

雪花蓮在雪下靜靜等待春天造訪。

坐在一旁的她也沒多說什麼。

因為這樣算是我勉強她陪我，我於是問：「會不會冷？」

「還好，看看還沒開的花也不錯呢。」

「從旁觀的角度來看，應該覺得我們很奇怪吧。」

「有什麼關係，就像不是只有滿月才是月亮那樣，以前的人也說不是只有滿開的花朵才是花啊。」

「是《徒然草》的內容嗎？」我對這個說法有點印象。「兼好法師對吧。」

我如是指出，梓就顯得很愉快地伸出食指說：「對，就是那個。」

我沒想到會遇到喜歡古典文學的同齡人，之後我們聊古典文學聊得很開心。梓之所以喜歡花卉，似乎也是受到《徒然草》影響。我可以理解，每次閱讀古典文學，都會不禁想賞花或賞月。

「我們該不會很相似吧。」梓語重深長地說。

「說不定呢。」我如是同意。

我們看著尚未綻放的花朵，聊了許久。

末班電車的時間快到了，我差不多該回去了。

我起身。

她送我到車站，途中我們天南地北地聊了許多，都是些學生之間常提及的內容。比方學校、社團活動、將來的打算等等。

道別時，我建議交換一下聯絡方式。

梓先是愣了一下，接著馬上頷首。

我把自己的社群網站帳號告訴梓，她不甚熟練地操作手機加了我的帳號，也許是不太習慣使用社群網站吧。

「我已經有好幾年沒有跟人交換過聯絡方式了。」她這樣辯解。

「什麼跟什麼啊。」我笑了。

梓一副覺得害羞的樣子用手摀著臉。

「儘管丟臉，但我是說真的。所以才因為能跟同齡的人說話而開心，你會不會覺得我話太多很煩？」

我搖頭表示完全不會。

看樣子梓很少與他人交流。

「那不然我們交個朋友？」我說。「我之後會傳訊息給妳。」

明明不是小朋友了，還要特地講明交個朋友，會不會有點奇怪？

梓或許覺得這樣不錯，只見她害羞地說：

「其實，我應該是相當感動。」她靦腆地說。「篤人，記得要聯絡我喔。」

那是個親人的笑容。

我在心裡放心下來，至少她沒有表現出懷疑我的態度。

因為我的演技快到極限了。

・・・

我對梓說了謊。

我已經造訪過那座小鎮好幾次，也早就知道了梓的長相，甚至記住了她家地址和她的名字，只不過今天是我第一次跟她搭話。我雖然表現得很像跟她同學年，但我已經是高中生。雖然我們年齡相同，但學年不同。

這之間好幾次出現差點穿幫的危險瞬間。

當她告訴我雪花蓮象徵死亡的時候，我險些破口大罵，竟敢批評實夕送我的花。我也難以原諒她說我們很相像，因為我們根本是兩個極端，這種說法幾近侮辱。

我拚命壓抑情緒，盡可能不要表現在外。

我有使命在身。

持續行動。

・・・

我與梓道別之後馬上察覺了。

身體非常疲憊，頭部悶悶吃疼，雙腿無法使上力。

原來一直說謊會導致身心俱疲啊，只能笑了。

情況真的滿危險的，如果我繼續跟她相處，覺得腦袋或許會發狂，可能會突然大吼並且失控狂躁。

回到自己居住的城鎮後，我朝著老地方去。

那是一塊還沒找到買家的空地，因為沒有人整理照顧，就是一塊長了草木的空地。

一年前這裡有一棟房子，但因為失火而燒毀。我吸了一口空氣，感受到些許燒焦氣味，難道還有灰炭的氣味殘留在此嗎？

我倚靠著樹木，坐在地面上，圍牆遮蔽了電燈燈光，草木掩蓋了附近住宅流洩而出的光線，於是一個什麼都看不見的漆黑空間便成形了。

為黑暗所包圍。

「持續行動……我只能持續行動啊……」

嘀咕了好幾次。

好幾次、好幾次地說，持續行動。

能夠回應我的人，到哪兒都不存在。

妹妹實夕已經不在了。

我沒有做錯，現在的我正持續採取著正確的行動。

終於。

終於能夠接近那一家人了。

如同我失去了一切那般，我也要毀了那些傢伙的所有。

我從口袋取出一張卡片。那是一朵護貝加工過的雪花蓮。
我以雙手握住這張卡片，誠心祈禱。
持續行動。這句話是目前的我唯一的依靠。
我握緊現在也快要崩毀的內心，用足以滲出血的力道死命地抓著。
我會持續行動。
即使此處是一片漆黑的深沉黑暗之中。

3

新宿陷入一片恐慌。

所有人都以為渡邊篤人的爆炸預告是開玩笑，現在已經轉變為不得不相信的狀況。受害者有多少？還有設置其他炸彈嗎？渡邊篤人的目的是什麼？他所上傳的影片引起全日本注意，播放次數持續攀升。

渡邊篤人沒有具體指出是新宿站的哪裡，也是造成混亂的原因。

ＪＲ新宿站、小田急新宿站、京王新宿站、西武新宿站，如果連地下鐵也考慮進去，可以稱之為新宿站的車站有無數座，而經過這些車站的鐵路運輸全數停擺，加上爆炸時刻是平日早上，有好幾百萬人無法移動。

包含車站商圈在內的範圍立刻遭到封鎖。

這是爆炸發生後一個小時的情況。

情報錯綜複雜，真假不明的消息在社群網站流竄。半島、伊斯蘭教激進派、新興宗教、流氓國家、其他政治團體，能想到的可能性全被列了出來。

另外被認定為實行犯的「渡邊篤人」肉搜也正進行著。話雖如此，他自己把大多數個資都說了出來，當然前提是認定他提供的資訊毫無疑問為事實。

流血男性被送上救護車的照片在網路上傳開，雖然有傷患，但目前沒有接收到有人死亡的訊息。

爆炸發生後一小時，一通電話打進安藤的智慧型手機。

這是他先前留下語音信箱的對象回電。安藤不禁想抱怨總算回電了，但他也知道沒道理責怪對方，畢竟對方是日本現在最忙碌組織內的一員。

『你說你認識渡邊篤人是真的嗎？』電話那頭傳來女性急迫的聲音。

「嗯，我會跟妳說，相對的，請妳告訴我目前妳所知的情報。」

『在電話裡能講的有限。』

「搜查一課也真是辛苦。」安藤嘆氣。

新谷是任職於警界搜查一課的女性警官。

她跟安藤是大學參加講座的同期生，彼此都屬於正義感強的類型，因此很是合拍，畢業之後也有私下交換情報。當安藤開始主攻少年犯罪之後，兩人交流的機會雖然變少了，卻是只要發生兇殘案件時一定會聯絡的對象。

『總之情報不多，過不久就會設立搜查本部。爆炸發生點是新宿站的中央線月台，放在那裡的行李箱爆炸了，而正在搜索可疑物品的鐵道警察隊承受了爆炸造成的損傷。現在我只能說這些。』

「監視攝影機有拍到影像嗎？」

『正在查，我想應該馬上就會知道了。』

「沒辦法回溯他是從哪裡上傳影片嗎？」

『因為用了掩飾連結線路的匿名軟體，所以應該有困難。』

看樣子還是該跟新谷碰個面直接談談。

新谷說的情報都是馬上會被報導出來的內容，儘管如此，她仍催促安藤提供渡邊篤人的相關情報。安藤儘管覺得情報提供程度不對等，仍開始說起渡邊篤人這個人。

安藤是在少年犯罪受害者集會上與渡邊篤人相遇。

那是在他發出爆炸預告的八個月前，五月時的事。

會來參加這場集會的，大多數是少年犯罪的受害者，和對少年犯罪有興趣的大人，或者是法律系大學生，基本上不太有小孩來參加。所以安藤對於獨自造訪的高中生產生了興趣。

渡邊篤人的表情充滿悲傷，加上或許沒怎麼睡，眼睛掛著深深的黑眼圈。

安藤問候他，渡邊篤人說起了自己的身世。

渡邊篤人的雙親在他五歲的時候就因為交通事故身亡，但他並沒有因這般際遇而怨天尤人，而是和祖母、妹妹三個人積極向前地生活。渡邊篤人本人雖然謙虛，但從他的話中聽來，即使生長在沒有雙親的環境，他仍成長得非常健全。中學三年級時，甚至在田徑的百公尺賽跑項目拿到縣立大賽冠軍，高中則順利考進都內屈指可數的升學學校。

他的精神支柱是小他五歲的妹妹，一個名叫實夕的女孩。

妹妹的存在，才是渡邊篤人的雙親留給他的，無可取代的寶物。

自己必須成為妹妹的父母——他如此告誡自己。然後，他確實長成能夠作為妹妹模範的少年。

但是，突如其來的火災奪走了他的一切。

渡邊篤人十五歲生日的那一天，是在二月的寒冷時期。

深夜中熊熊燃燒的烈火包圍了他的家人。

他同時失去了妹妹和祖母。

當時被逮捕的是一位名叫富田緋色的少年，犯案時只有十三歲又十個月。

他是剛好在渡邊篤人家後面抽菸，似乎就是他丟棄的菸蒂引發了火災。

失去家人的渡邊篤人，隨後被兒童養護設施接收。

而對遭逢悲劇的渡邊篤人造成二度傷害的是媒體。不知他們從哪裡探聽到消息，受到少年法保護的加害者少年和失去家人的被害者少年，確實是非常能博取大眾目光的組合，加上渡邊兄妹長得好看，更是理想的題材。

落在美麗兄妹身上的悲劇——俗濫到不行的標語出現在週刊雜誌上，跟他有關的專題報導簡直像是連續劇一般接連出現。

渡邊篤人因為承受不住好奇的目光，於是從全天制的高中退學。

為了填補自身的悲傷，他開始尋找能聊天的對象，於是來到少年犯罪受害者集會。

這就是渡邊篤人的來歷。

『渡邊篤人最後出席那集會是什麼時候？』新谷問道。

安藤已經跟固定造訪集會的成員確認過了。

「四個月前，接下來我會去問問當時的狀況。」

新谷丟下一句「如果有後續消息記得告訴我」後，單方面掛斷了電話。

安藤覺得這才是他想說的。

跟新谷通完電話後，荒川搭話道：

「篤人小弟的人生真的給人一種很惆悵的感覺耶。」

「不要叫他『小弟』。」

在一旁聽著安藤和新谷通電話的荒川，似乎重新燃起了對渡邊篤人的憐憫之情。或許他的內心也受到震撼，眼中似乎噙著些許淚水。

「我們得仔細調查清楚。」荒川說道。「我想他一定有逼不得已的狀況。」

荒川似乎在調查前就已經站在渡邊篤人那邊了。在聽過渡邊篤人的際遇之後，荒川徹底成了擁護他的那一方。

「你別夾帶過多私人情緒。」安藤出言忠告。

「不過你沒有跟警察說篤人最後見的對象，這樣好嗎？」

安藤能理解荒川的顧慮。

如果只考慮要解決案子，把安藤知道的所有情報提供給警察才是正確做法。但安藤是記者，不是國家公務員，要幾時透露情報給警察，是他可以自己決定的事項。

「我們畢竟也要做生意，等我訪問完之後我才會告訴她吧。」

安藤攔下一輛計程車，告知司機目的地。

訪問對象指定的地點，是離議員會館不太遠的地方。

「真虧你能約到採訪呢。」荒川驚訝道。

「對方因為不希望記者亂寫報導，所以只得答應見我。」

安藤回想十分鐘前獲得的情報。

他打電話給常參與少年犯罪受害者集會的男性，並詢問對方最後看到渡邊篤人時的狀況，卻聽到出乎意料的回答。

『四個月前集會結束後，篤人小弟跑去怒罵比津議員。』

安藤只能呻吟。

他完全無法想像那個溫柔善良的少年怒罵他人的光景。

而且對象還是國會議員。

兩人在九段下站一隅等待，一輛廂型車停到了眼前。

比津坐在後座，安藤與荒川上車後，男性祕書要求他倆交出提包和電子產品，應該是不想被錄音吧。

安藤坐到比津旁邊，車輛立刻駛出。

「我們隨意在市區內繞繞，就在車裡面談吧。」比津如是說明。

安藤確認車窗，看起來是魔術玻璃，應該想避人耳目吧。

「我就直問了。」比津率先問道。「安藤先生打算把接下我要說的內容寫成報導嗎？」

「不方便嗎？」

「嗯。如果『案發前，恐怖分子狠狠臭罵了比津議員一頓』之類的報導出現在週刊雜誌上，媒體會作何反應可是顯而易見。」

安藤表示同意，毫無疑問將是如此。

這就是忙碌無比的比津特地跟安藤見面的理由。

如果渡邊篤人和比津的關係鬧大了可不好，他肯定是在警戒著會不會流出無聊的風聲。

「麻煩你不要寫出空穴來風的報導啊。」比津叮嚀。

「好的。」安藤當然也沒這種打算。「這次採訪的目的，不是為了銷售量而寫出陰謀論煽動社會，而是為了探究真相。」

該討論的內容，是渡邊篤人的去向和恐怖行動的目的。

安藤切入話題。

「我打探到的目擊情報指出，在四個月前的少年犯罪受害者集會結束後，渡邊篤人曾逼問比津先生。請告訴我，渡邊篤人為何如此憤怒？」

「因為少年法。」

比津立刻回答。

「正確來說，責任在制訂能讓加害者為所欲為少年法的政治家身上，而他無法原諒這點。我聽說過他的遭遇，也能理解他的憤恨。因為奪走他家人的少年，最終受到國家保護。」

安藤口中吐出嘆息。

這是他預料到的憤怒，從渡邊篤人的立場來看也是理所當然吧。

「就是說啊。」這時出乎意料的地方傳來聲音。

是坐在最後面的荒川。

「篤人小弟的怒氣非常合理。奪走人命的行為不分少年成人吧？對少年法不滿的國民多如山，為什麼無法走上將之廢止的流程呢？」

這人突然說些什麼鬼啊。

現在可是採訪中，不是要議論這一點的時候。

比津露出苦笑。雖然被打斷了，但他似乎並不介意。

「是啊，我能理解荒川先生的心情。我自己也曾好幾次感到憤怒。」

怎麼還讓訪問對象顧慮這邊。

安藤瞪了荒川一眼。

「荒川，我說你啊，要講得不負責任一點，這就是世界共通的規則。國際人權規約與兒童權利條約規定國家必須制訂少年法，未滿十八歲禁止判處死刑。現代國家負有保護小孩的責任，抱怨這點本身就沒有意義。」

比津接著安藤的說明後面說道：

「若情況是少年犯罪，大多案例都是家庭和生長環境方面有些問題。如果採用跟成人同樣的處分，也可能造成非行少年重複再犯。我們有必要基於少年法施行更生教育，廢除少年法本身並不現實。」

豈止不現實，根本就是不可能。要期待日本無視國際人權規約什麼的壓根是無稽之談，少年法可是每一個先進國家都有制訂的法律。

安藤帶著不要讓比津一一說明的意味瞪向荒川。

但荒川並不退縮，沒有停止追究。他緊緊握著記事本，看向比津。

「但是比津老師，有許多聲浪表示了對少年法的疑慮。」

荒川繼續說。

「即使無法判處死刑，也該要加以重罰。」

「我們已經修法很多次了。」比津冷靜地回答。「而且是往重罰方向修法。」

荒川搖頭。

「不，國民還沒有接受。為什麼不能夠大幅修法呢？」

安藤出聲了。「荒川，你克制一點，現在不是爭論這個的時候。」

急忙制止菜鳥記者的失序行為。

這人沒問題嗎？

這裡可不是大學講座，你是不是忘了渡邊篤人呢？

「比津先生，對不起。」安藤低頭賠罪。「請告訴我您與渡邊篤人的互動內容。」

「不，這樣剛剛好。」比津微笑。「很湊巧的，荒川先生說出了跟渡邊篤人一模一樣的話。方才跟荒川先生的議論，正好重現了與他的對話內容。」

安藤只能閉嘴了。

如果採訪對象這麼說，他也只能接受。

實際上，荒川的知識跟十五歲的少年沒有分別，或許正好是適合重現狀況的人物。

比津認為現在正是大好良機，於是滔滔不絕講了起來。

「阻礙少年法重罰化的最大理由只有一個，就是少年犯罪總數減少了。」

正確來說，是檢舉人員減少了。

這並非單純為少子化造成，從人口比例來看，少年犯罪確實減少了。

「少年法的目的是防止再犯，防範未然，而這樣的做法的確有一定成果。雖然還是會發生只能用畜牲來評論的兇惡案件，但犯罪總數確實每年都在減少。如果在現行法律之下確實有減少犯罪的傾向，國家在修法這方面就會比較畏縮。」

也就是說，需要很重大的理由才能著手少年法修法。透過重罰能減低少年犯罪的主張沒有說服力。

重罰將會伴隨阻礙更生，增加再犯的風險。從不需冒這層風險，也確實地減少少年犯罪的現況來看，沒有理由能隨意推進重罰化。

荒川加強了怒氣。

「也就是說，顧慮受害者情緒並不足以當成修法的理由？」

比津游刃有餘地帶著滿滿氣勢說道：

「那麼我問你，透過重罰能撫慰受害者的心靈到什麼程度？」

荒川說不出話。

「不，即使你問我到什麼程度，我也無法明確說出。這拿不出數據的。」

「除了重罰以外無法達到同樣效果的根據為何？」

「訴諸感情的事情要根據……？」

荒川再次說不出話。

這是很惡劣的問題，怎麼可能拿得出根據。

「謬論啊。如果比津站在受害者立場，也能夠接受嗎？」

「不能。但即使如此，我個人的情感和法律的對錯有關聯性嗎？」

荒川的表情充滿怒氣。

「你別說了。」安藤出面制止。「你的主張很合理，也是重要的觀點，但訴諸感情的說詞在議論之中通常都站不住腳。」

沒有人會在表面上直接說不需要顧慮受害者的情緒，但只要主張以重罰之外的方式救贖受害者，就會難以反駁。既然拿不出「不是重罰無法拯救受害者」的具體根據，在議論上就不會受到重視。政論節目通常會以「即使無法重罰，但還是需要為了犯罪受害者修法」這種不上不下的評論結束探討。

只是訴諸受害者情感並無法修正少年法，這就是法律困難之處。

「不過近年比較有尊重受害者情緒的舉措了。」比津以緩慢的語氣補充。「但與之配合的修法之路還很遙遠，仍是事實。」

安藤急著知道後續。

「也就是說，關於少年法的部分，比津先生糾正了渡邊篤人對吧？」

「是的，我告訴他，以現行法律，無法實現你所期望的重罰。」

「渡邊篤人在那之後怎麼回應？」

「他問我，要怎樣才能讓受害者獲得救贖？」
這是很痛心、很迫切的訴求。
在少年犯罪現場常會聽見。
如果無法重罰，要如何撫慰受害者的情緒呢？
比津一臉憂愁地回答。「我答應他，一定會完成修法。」
比津也說了關於那之後的狀況。渡邊篤人似乎為了自己的失禮向比津道了歉之後才離開，臉上表情顯然完全不能接受。
最後，安藤問道：「總括來說，渡邊篤人沒有表現出會執行恐怖行動的言行舉止，只是向您表態了對少年法的憤怒對吧？就像荒川這樣。」
比津稍稍搖了搖頭。
「有點不同。」
「哪些部分不同？」
「渡邊篤人沒有像荒川這麼義憤填膺，始終顫抖著。應該是鼓足了所有勇氣吧。」
想來也是。
渡邊篤人只是個十五歲少年，即使是在激情驅策下，要跟國會議員爭論，仍需要相當大的膽識吧。

荒川嘀咕：「即使害怕，也無法不說吧。」

很遺憾，目前收集不到與炸彈恐怖行動相關的消息。

只是重新認知了渡邊篤人的悲傷。

下車之後，安藤重重拍了荒川的背。

「你太同情渡邊篤人了，做出那麼情緒性的發言是想幹嘛？」

即使是菜鳥，那段採訪也是太糟糕了。安藤不禁揉了揉眉心。

說起來比津是贊成重罰這派的，他根本搞錯了生氣的對象。

「對不起。」荒川覺得很抱歉地低頭。「不過，篤人小弟的遭遇太讓我無法接受了。」

安藤嘆了一口氣代替表示同情。

即使是熟悉少年犯罪現場的他，至今仍會有對現實感到憤怒的時候。

他沒聽過比少年法更令國民怨恨的法律了。

「那麼，你索性完全站在渡邊篤人的立場上告訴我，在國家所建立的現行體制上，即使你的家人被少年奪走了，也無法懲罰犯人的話，你會怎麼做？」

面對安藤突然想到的問題，荒川握緊拳頭強力地回應。

「不要依賴國家，思考自行復仇的方法。比方直接去攻擊加害者。」

「嗯，大概是會想這樣吧。」

安藤因為看到怒不可遏的荒川，腦中浮現了帶著憤怒表情的渡邊篤人，那是一個溫柔的少年突變成復仇魔鬼的模樣。

他還只有十五歲，即使做出訴諸情感的行動也不奇怪。

「我們去找找採訪富田緋色的方法吧。既然渡邊篤人都氣到要去咒罵國會議員，確實有可能去接觸加害者。」

目前先去追查渡邊篤人的過去應該比較好。即使去他生活的設施或學校，應該也會被拒絕採訪吧。

總之，必須採取下一步行動。

安藤對於逮捕渡邊篤人一事不太樂觀，總覺得他不會太快被逮捕到案。即使是未成年，只要丟掉智慧型手機等會傳送訊號的電子機器，並且小心路上的監視攝影機，就有可能逃亡個兩、三天。

問題在於被逮捕之前，渡邊篤人會做些什麼。

引發新案件的可能性——這不舒服的預感沒有消失。

安藤的預感在當晚就料中了。

渡邊篤人上傳了第二件犯案預告。

影片跟第一件相同，只有渡邊篤人對著攝影機說話。

『我會繼續恐怖行動，直到我被逮捕為止，一定會持續。』

在約十秒的訊息過後，影片結束。

這次沒有指定犯案場所和時間。

主流媒體立刻將這段影片作為新聞報導出來。

混亂迅速擴散。

4

我變得會跟梓頻繁通話了。

我貫徹就讀中學三年級這般設定，雖說實際上是高中生，但假裝自己是國中生會讓梓覺得比較親近，而這樣的作戰計畫奏效了。說到中學三年的十二月，就是快要考高中的時期，對讀書和考試的不安，以及該怎麼決定目標等等，永遠不缺話題。

梓在學校似乎沒有可以聊天的朋友。

她好幾次對可以輕鬆地聊天的我表達感謝。

「現在班上同學都只專注在讀書上，能夠這樣輕鬆地聊天讓我很開心。」

從她的聲色，可以聽出她是真心的。

既然她對我這麼放心，那我也比較容易說話。

她之所以愛上花卉的理由、喜歡的《徒然草》段落、關於《竹取物語》的結局等，話題綿延不斷。只要聊開了，我也比較容易假裝對梓本人有興趣。

所以，我也很容易能順其自然地問到關於她家人的事情。

比方「欸，梓的哥哥在做什麼啊？」這樣。

她顧左右而言他地說：

「嗯——在做什麼呢？」

「為什麼妳是他妹妹卻不知道啊？」我故意說得很像在開玩笑。「已經出社會了嗎？」

「我該怎麼說才好呢，我跟哥哥沒有聯絡。」

「他失蹤了？去向不明？」

我追問，梓又再次支吾其詞。「嗯——總之，就是有很多狀況。」

「這樣啊。」面對這要怎麼解讀都可以的回答，我察覺了事情不單純——假裝如此。「對不起，我好像問了不該問的。」

我道歉後，梓也同樣說了：「嗯，我才是。」的道歉話語。

漫長的沉默造訪。

我算準時機之後，以溫柔的口氣說道：

「當然，如果是妳不想說的，妳可以不用多說。不過如果妳也想吐露，我都會聽妳說，我想這些妳在學校應該都無法啟齒吧？」

這台詞非常冠冕堂皇，連我都覺得很害羞，有點厭惡。

但梓沒有裝傻。

「是啊。」她嘀咕道。「如果是你，應該能夠接受吧。」

「嗯，儘管依賴我。」

「讓我考慮考慮。那我要回去唸書了。」

梓天真地答道，完全不帶任何戒心。

結束通話後，我露出笑容。

她果然沒有察覺我的真面目。

什麼都不知道。

妳哥哥對我做了什麼。

她不知道我究竟體驗了多麼深沉的痛。

・・・

結束跟梓的通話之後，我凝視著一張照片。

妹妹實夕開朗地笑著，那是我伸長了手臂拍下的一張自拍照，實夕和祖母併肩笑著。

十五歲生日。

我雖然每天都會看這張照片，但最近感覺得到內心的蠢動。

實夕在送我生日禮物的時候，確實說了。

說她去摘了這種花。

我記得很清楚，自己一瞬間冷汗直冒，擔心那座山難道不是私人土地嗎？實夕很得意地說，自己在「山裡面發現了」綻放的雪花蓮。看了看她髒汙的鞋子，可以證實她所言不假。

但雪花蓮並不是日本本土產的植物。

實夕對我說謊嗎？為什麼？沒什麼零用錢可以花的實夕，究竟是怎麼獲得雪花蓮的？

「篤人同學，你在看什麼？」

突然有人跟我搭話。

我抬頭，發現室友就在眼前。安置我的兒童養護設施是採取三人一間房的編制，而跟我同房的室友正勾嘴露出笑容。

「你最近常常偷偷用智慧型手機跟人通話耶，該不會是女朋友？」

「對不起，我不想說。」我拒絕之後起身。「之前我也說過，在我看智慧型手機的時候，不要跟我說話。」

室友一臉不服氣地皺起眉頭。轉入設施已超過半年，至今仍未適應。職員雖然表示希望我把這裡當成新的家，但隱隱帶著的那種悠哉感覺只會激發我的怒氣。

我的家不是這裡。

只有祖母和實夕會對我溫暖微笑的那個地方才是我家。

室友露骨地表示不滿。

我重新想到對方應該只是想表現善意而找我搭話，所以帶著賠罪的意思補充說：

「為了保身，不要太跟我有牽扯比較好喔。」

我無視室友的反應，出門慢跑。

這裡絕對不是什麼不好的地方，但我希望能有個獨處的場所。

我每天都會慢跑。

這是我從參加田徑隊的中學時代便養成的習慣。就讀全天制的高中時，我也加入了田徑隊。跑步對我來說並不辛苦，甚至只要一天沒有跑步，我就會有點靜不下心。

向前大跨一步，感受到地面反彈回來的衝擊後，再跨出另一步。腳步聲與心跳聲配合，刻畫出一定節奏。我很喜歡這連貫的感覺。

很可惜，我轉學的學校沒有運動社團，是一所幾乎沒有校區的函授學校。一年只會到校四次的高中沒有運動社團。

我獨自在多摩川沿岸慢跑。

跑步時可以放空，看著河川、感受風的流動，並只要活動雙腿便可。

途中遇到一群高中生從對面過來，看起來似乎是我所不知道高中的足球隊，體育外套上印有高中校名，他們正出聲鼓舞彼此，臉上的表情雖然有幾分疲憊，但也看得到伙伴之間笑鬧的笑容。

我刻意不要看他們的表情而垂下頭，這是我不知不覺間養成的習慣。

與伙伴間相互談笑的他們在我看來實在太耀眼了，是我永遠失去的時光，說穿了，就是嫉妒。

我加強慢跑的步調。

如果途中調整節奏，其實容易造成疲憊。一旦打亂了呼吸和動作的循環，倦怠感會一口氣出現，根本沒有餘力欣賞風景。

覺得雙腿發軟的我停下了腳步。

我在比原本預定時間的一半就停下了，是有史以來最糟糕的紀錄。

我邊調整呼吸，走在多摩川河邊。

走了一會兒，發現一位女性佇立原地，那是一位穿著有些骯髒羽絨外套的中年女性。她揮著手對我說：「篤人小弟，好久不見。」

我無視她，從她身邊走過。

她是週刊雜誌記者，是一直糾纏我的煩人女性。

「篤人小弟，可以借我一點點時間說話嗎？」

「我沒什麼好跟妳說。」

即使如此，她仍黏在我身邊。

其實我很想跑著離開，但紊亂的呼吸還沒完全調勻。

「就因為妳寫出的報導，把我的生活搞得一團糟。」我斜眼瞪了記者。「妳不會知道我承受了多少下流的目光吧。」

四月我曾經答應她採訪一次，我因為想要吐露案件對我帶來的悲傷，所以沒多想什麼就接受了她的採訪。我努力強調祖母是個多麼溫柔的人，妹妹擁有如何光明的未來，並訴說這突然造訪的不幸有多麼不合理。

但報導的內容實在低俗到極點。

標題是——襲擊美麗兄妹的悲劇。

佔據大半篇幅的不是案件的詳細內容，而是關於我們兄妹的容貌和交友關係。記者表示，我們兄妹都長了一張人人稱讚稱羨的容貌，並且很受異性歡迎。這是跟案情完全無關的情報。

記者毫不掩飾地寫出有關實夕的外貌就夠令我不快了，但還不只如此。這位記者竟然在沒有徵求我的同意之下就刊登了實夕的照片。

記者把我當成遊街示眾的罪犯，學長姊和同年級生都以好奇眼光看我，不認識的人會出言安慰我。坐如針氈的狀況持續發酵，讓我陷入無地自處的感覺。

「你似乎在幾個月前轉學了呢。」

女記者拚命跟著我。「難道被霸凌了嗎？能不能告訴我詳細情形呢？」

不要把無聊的想像套在我身上。

「都是妳的報導害的。」我簡短回答。「不要再來煩我。」

待呼吸平靜之後，我再次奔出。

稍稍加快了步調。

女記者死命跟在我身邊。

「篤人小弟，要向社會訴說少年犯罪有多麼悲慘，這是必要的啊。如果你不接受採訪，我就只能依照我的臆測撰寫報導，而你不喜歡這樣吧？」

我回頭大喊「隨妳便」。

「要恨就去恨加害者啊。」她辯稱。

啊啊，真令人不愉快。

我加快速度。

為什麼連慢跑都無法平靜地做完？為什麼老是做些追打失去家人者的行為？

我戴起耳機，提高音量，以甚至足以損傷耳朵的大音量來隔絕外界。

我不會再利用這條慢跑路線了。

我甩掉女記者之後，往一個地方去。

那是過去我們一家人所生活的場所，建築物雖然已經燒光，但土地本身還留著。

我幾乎每天都會來。

我坐在庭院角落，隨意亂長的樹木遮蔽光線，形成一片黑暗，甚至連夕陽光輝都照不進來。

這是眼前一切幾乎都染成一片黑的空間，在這裡，我才總算能喘一口氣。

我取出智慧型手機。當我內心不平靜時，我總是會開啟一個頁面加以確認。

那是針對富田緋色事件，各大新聞網站的留言。

『少年法太寬鬆了！立刻廢除！』、『不要保護加害者了，去幫助一下受害者家人吧』、『該從社會上消除加害者』、『都奪走人命了，跟少年法什麼的沒有關係』、『讓加害者父母出來負責啊』、『殺了人卻沒事，根本不能接受』、『罪犯全都該判處死刑』。

每一條都是我曾看過一次的留言。

當報導刊登在網路上時，我會閱讀所有留言。雖然報導內容令我不快，但針對這些報導寫下的留言幫了我很多。即使都是些不堪入目的咒罵言詞，卻能成為將被撕裂的我的內心支柱。我甚至曾經一整天都在逛新聞網站，沉浸於閱讀留言內容。

那些聲音都在支持墜入不幸深淵的我。

每個人都對我的際遇忿忿不平，並且同情我。

這一條條留言，驅策著我持續行動。

雖然我無法認同那位女記者寫的報導，但能有其他的人的聲音傳遞到我這邊，我還是很感謝。

再加上，我可以同意一句話。

——要恨就去恨加害者。

持續行動。

已經被奪走一切，沒什麼可以失去的我，不會停止行動。

沒關係，有很多人支持我。

要報仇必須掌握不可或缺的情報，而我得從梓身上問出這點。

幸好計畫進行得很順利。

我已經取得了她的信任。雖然我們認識沒多久，但我跟她幾乎每天都會通話，我應該可以認為自己是她能放心的朋友。

隔天，我也打電話給她。

她立刻接了。

簡直像是在等我打過去，這不是挺令人高興的嗎？在聊了一些日常生活話題之後，她開口說：

『那個啊，之前不是跟你提過我哥哥嗎？』

我盡可能以溫柔的聲音說「嗯」。

她一副很抱歉般說：

『我應該還是無法多說什麼。對不起，之前用了那種讓你有所期待的說法。篤人可能會覺得心情不上不下，但我怎樣就是沒辦法講有關哥哥的事情。』

我無法出聲。

梓應該完全無法想像我有多麼失望。

我僅僅掐住長褲，忍下想要破口大罵的情緒。

我為了不要被她察覺而以冷靜的聲音說：「不想說沒關係喔。」

接受現實吧。

我應該獲得梓的信任了，但她絕對不會跟我說有關哥哥的事情。既然如此，就算我們持續親近下去，梓或許也不會透露情報。

不過，還不需要絕望，還有方法。

只是這手法有些粗暴——那又怎樣呢？

持續行動。

「話說，下週日我們能不能再見個面？」

我以明朗的聲音說道，就像想換個話題那樣。

理由則是隨便編的，剛好有事要到那附近。

『真的嗎？好啊好啊。』梓的聲音也開朗了起來。『嗯——那天我的時間——』

等了一下下之後，她說：『啊——對喔。我之前也說過嗎？那天有事，學校開了大考對策的特別課程。』

我早就知道了。

不過我假裝第一次聽說。「這樣嗎？那課程幾點結束？」

『回到家應該是五點吧，還滿晚的。』

「五點啊。」我再次確認。「沒關係，我去。」

然後盡可能不經意地、不讓她起疑地慎重確認她母親是否有事之後，做好覺悟。

在五點前，只有梓的母親一個人在家。

我為了下週日進行準備。

當設施裡的人都沉沉睡去時，我來到廚房。我已經記住料理器具的擺放位置。

「持續行動。」我說著。「持續行動。」

我在廚房打開一個盒子，裡面裝了祖母的遺物，是我在燒毀的老家遺跡發現的。和妹妹給我的雪花蓮一樣，沒有比這更適合現在的我的家人遺物了。

盒子裡面的是祖母愛用的菜刀。

我用廚房的砥石將之打磨。

我沒做錯。讓他們為了結果承受應有的罰則是很棒的行為。有很多「聲浪」這樣告訴我，以罰則懲治罪惡，而這無關大人或小孩。

我沒錯。因為判處給我的罰則也該要是死刑。

畢竟我——死了也無所謂。

「持續行動。」我好幾次嘀咕。「持續行動。」

我將指尖抵在磨好的菜刀上，皮膚被劃開，滲出鮮血。

我凝視著指尖的同時，血仍持續流著。

準備已經完成，接下來只需要將這把菜刀對準那些傢伙們。

沒關係，我一定做得到。

爆炸恐怖行動發生的當晚，一則出乎意料的新聞被報導出來。

案子似乎沒有死者，被送到醫院的傷患都沒有性命危險。炸彈設置在無人月台，只有負責搜索可疑物品的鐵道警察受傷。

安藤跟荒川一起確認新聞節目。

雖然內容值得高興，但也有些令人在意的部分。

「不過再重新思考一下，就會覺得怪怪的。如果想要造成死亡，就不需要做出爆炸預告。篤人小弟的目的果然不是殺戮吧。」

荒川始終用「小弟」的方式稱呼篤人，所以安藤也不想罵了，放棄了。這可能是他個人的記者理念吧。

安藤喝光宵夜的飲料之後，說道：

「我同意你說渡邊篤人的目的不是殺戮，但沒有死者只是出於偶然，鐵道警察就算被炸死也不奇怪。我要不斷重申，你不要太擁護渡邊篤人。」

第一次爆炸導致許多人無法順利上班，這給日本的經濟造成很大損失，毫無疑問也會多少影響股價。甚至聽說離開車站的人們塞滿道路，妨礙了貨運公司和緊急車輛運行等等。而且不只直接受害，還有所謂精神層面的損害。在第二次恐怖行動預告之後，究竟有多少人感到不安呢？這不是沒有直接造成死亡，就可以原諒的問題。

「而且渡邊篤人的行動太過利己。」安藤接續說明。

「利己？」荒川回問。

安藤用下巴努了努電視。

「設施的職員、恩師、高中朋友全都成了媒體的貢品。」

電視裡面拍出記者正在引導攝影師前進的畫面，攝影機拍到的是渡邊篤人過去就讀的高中校門，上面雖然打了馬賽克，但有興趣的人馬上就可以看出來吧。

「即使只有十五歲也能想到這點，不對，他本人應該最容易預料到吧。他應該也抱持了相當的覺悟，只要進行了下一段恐怖行動，可能真的會造成人員死亡。」

即使第一次爆炸沒有人員死亡，但只要有第二次、第三次，或許就會出現犧牲者。

至少安藤無法像荒川這樣擁護渡邊篤人。

安藤接著著手尋找富田緋色的聯絡方式。

線索只有八個月前他從渡邊篤人那兒聽到的片段情報。只有本名、年齡和大概的住址，但如果是年輕人，或許有機會透過ＳＮＳ發現認識他的人或者他的同班同學。

安藤並不想隨意介入加害者的交友圈並擾亂他們，但這是雜誌記者常用的手法。這次安藤真的沒辦法選擇手段。

他默默地在ＳＮＳ上尋找，這時桌子對面的荒川搭話過來：

「說來篤人小弟有見過富田緋色嗎？」

「按照渡邊篤人所說，他似乎曾與富田的父親見過一次面。當時為了和解交涉而交換過聯絡方式。」

「可是即使知道住址，富田緋色也被關在設施裡面吧？」

「富田接到的判決結果是少年感化院的一般短期處置，只要過六個月就差不多可以離開了吧。」

安藤轉述渡邊篤人所說的內容。

荒川大聲說：

「就算他只有十三歲，但也不至於只要關六個月吧？」

「那個案子的原因不是縱火，而是亂丟菸蒂。而被他亂丟的菸蒂點燃放置在外的燈油火，一口氣延燒開來，他並沒有承認那是刻意為之，甚至該說這樣的處分算重了，可能是從他過往的非行經歷，還有家庭環境以及生活態度不良來判斷才下了這樣的處分。沒有判處保護管束就不錯了？」

進入少年感化院的時間長短判斷基準比起所犯的罪，更重視少年本身需要保護管束的程度。

說極端一點，即使犯行輕微，但只要沒有能接收非行少年加以保護管束的人，且又是深夜遊蕩、吸毒的累犯，在少年感化院的時間就會變成長期。當然，也有相反案例。即使罪行兇惡，只要家庭環境合格，少年法也可能只會判處短暫刑期。

「很遺憾，這種事情在少年犯罪的世界可是很普遍的。」

還有很多更誇張的事情，這絕對不是什麼特別案例。

「那個，我可以問一件事情嗎？」荒川說。

安藤臉上露出「什麼事？」的表情。

荒川的嘴抿成一條線問道：

「安藤先生為什麼當上少年犯罪專門記者？」

「你問這個要幹嘛？」

「老實說我已經開始覺得很洩氣了。所以我想，為什麼安藤先生能夠一直追蹤這類案件呢？」

荒川口氣輕佻地問道。

這傢伙搞什麼？

安藤繃起臉。追蹤犯罪案件的記者只要彼此不是很親近，都不會太隨便侵犯同業的個人隱私。因為很有可能是犯罪的受害者或當事人。

而眼前這個菜鳥記者似乎沒有理解到這一層現實。

安藤簡短地說明：「因為我也親身體驗過。」

「你是少年犯罪的受害者嗎？」荒川的聲音帶著驚訝。

「別再追問了，不是什麼聽了會開心的事。」

安藤打發了荒川之後，將意識投注到眼前的電腦，但畫面上的情報卻沒能進入他的腦中。

都是這傢伙害的，原本收藏起來的激情快要再度滿溢而出。

三年前，安藤被一個十四歲的畜牲奪走了情人。

・・・

安藤過去有一個情人。

井口美智子。

他們大學就認識了，在安藤當上週刊記者之後開始同居，兩人是在有考慮結婚的前提之下交往。

當美智子因為工作出差去外縣市時，發生了案件。

她似乎在車站前撞見了中學生之間的霸凌事件，正義感強烈的她，似乎教訓了中學生們一頓。

但那似乎觸犯了少年的逆鱗。

加害者少年名叫灰谷謙，當年十四歲。

在場受到霸凌的少年證詞表示，灰谷謙持續痛揍美智子，直到她動也不動為止。美智子而後被送到醫院，但在三天後身亡，死因是急性硬腦膜外血腫，很明顯是少年的暴力行為造成。

少年審判的結果是長期收押少年感化院。

但安藤終究是無法原諒，他無法接受殺害美智子的少年竟能這樣悠悠哉哉地活下去的事實。

安藤利用身為記者的管道，調查出灰谷謙的相關消息。灰谷謙出獄後，離開父母身邊，以超市店員身分工作。從他跟其他員工之間的關係來看，很明顯隱瞞了曾經殺過人的非行經歷。

安藤把一切寫成報導，雖然沒有直接記述，但留下了只要有心，就能夠找出灰谷謙工作的超市和他本人的相關情報。

這是報復。

灰谷謙於是辭職並失蹤了，安藤並不知道他在那之後的末路為何。可想而知，一個沒有學歷、經歷，也沒有容身之處的少年，將會走上悲慘的人生吧。

但這並不能療癒他的傷悲。

在那之後，安藤仍持續追蹤少年事件。

• • •

安藤尋找線索直到深夜，總算找到一位表示如果願意支付情報提供費，就能提供住址線索的少年。雖然安藤對於販賣個資的小孩也不是心無所感，但以他的立場不可能勸誡。在他把消費禮物卡的照片傳送過去之後，一張照片回傳過來，似乎是小學時代的富田緋色寄出的賀年卡，明信片正面寫了住址。

時代真的變得太方便了，這比起挨家挨戶查找富田緋色的住處快多了。

安藤就這樣在編輯部過了一晚，隔天早上往富田緋色家去。

他把荒川留在編輯部，要他負責對應提供情報者和即時收集新消息。

安藤為了前往富田緋色家上了計程車之後，司機跟他搭話：

「客人，您運氣真好，現在一般很難攔車呢。」

「為什麼？」

「因為新聞報導的少年爆炸案？的關係，有很多人都避免搭電車，改搭計程車了。畢竟要是遇到爆炸就太糟糕了，而就算不是如此，也有很多人因為電車停駛而動彈不得對吧？」

安藤隔著車窗望向新宿街道。這麼一說，確實讓人覺得汽車和行人都比平常多。

渡邊篤人造成的影響正在擴散。

早報和談話性節目都搬出了他的話題，找來教育學家、社會學家、前法務教官等知識分子，談論過去與現在的少年犯罪傾向。

然而，至今仍未報導出犯人已經遭到逮捕的新聞。

安藤來到賀年卡上所示的住址。

那是一處寒冷的地方小鎮，同時很偶然的，也是與安藤有一定關係的城鎮。他對這地區的狀況有印象，就是缺乏主流產業，走上高齡化，在日本隨處可見的城鎮。

富田緋色居住在木造公寓一樓，那棟公寓的屋齡應該有三十年了，牆壁上看得見裂痕。

安藤看了看信箱。

裡面塞了通信販賣的郵件，收件人名上打著「富田」二字。

安藤按下門鈴，但遲遲沒人應門，不過確實感覺得到裡面有人。

雖然不想這麼做，安藤仍試著說出半是威脅的話語，他說自己是記者，知道住在這屋裡的少年過去做過什麼。

屋裡傳來踹牆壁的聲音。

接著看起來應該是富田緋色父親的男子出現，那是個塊頭很大的男子，表現著不甚歡迎的態度，不情不願地讓安藤入內。

安藤確認了一下放在玄關的鞋子數量，判斷他們可能是單親家庭。水泥玄關擺了室外用籃球，摸了才知道上面滿是灰塵。

開放式廚房有一位少年。

他坐在桌子旁邊瞪向安藤他們，這位少年應該就是富田緋色吧。

「昨晚警察已經來問訊過了。」富田父親開口。「我兒子什麼都不知道，他和渡邊篤人一案沒有關聯，沒什麼能說的。」

果然警察已經採取行動了啊。

警察應該也會一一過濾渡邊篤人可能接觸的對象吧，想必應該派出相當人力處理此案。

富田緋色是一個細瘦的小孩，雖然有著類似父親的傲人身高，但看起來卻有些軟弱，讓人聯想到草食動物。或許因為緊張的關係，他始終垂著頭。

「你可以把告訴警察的事情再跟我說一遍嗎？」

「我如果老實告訴你，你可不可以不要寫成報導？」富田緋色開口，聲音沒有霸氣，不專心聽甚至會聽漏的程度。

安藤點了點頭，讓對方安心。

「在身為一個記者之前，我畢竟是個人，如果你沒有做任何壞事，我就不會對你不利。」

但沒有明說不會寫進報導。

富田緋色似乎這樣就上鉤了，只見他安心地放鬆了表情。

「我跟警察說，我和渡邊篤人見過一次面。」

安藤抽了一口氣。

「渡邊篤人果然有來找你啊。」

富田緋色一臉憂鬱地點點頭。

儘管安藤就是預料到這點才試著來採訪富田緋色，但實際從本人口中聽到，仍無法掩飾驚訝。

渡邊篤人或許真的是為了報復而行動。

「大概是去年十月吧，一個不認識的男的突然來我家，他說他是渡邊篤人，我被他帶到附近的雜樹林。」

那是渡邊篤人跟比津交談過之後沒多久的事。

「你們講了些什麼？」

「沒說太多。我總之拚命道歉，就這樣結束。渡邊篤人帶著意料之外的平穩態度離開了，所以我完全不知道爆炸案是怎麼回事，我真的只有跟他講了一點話。」

他不斷強調自己只有跟他聊了一下。

這傢伙的證詞聽起來就很假。

「真的只有這樣嗎？」安藤再次確認。

「是的。」

「渡邊篤人沒有兇你嗎？」

富田緋色默默點頭。

富田的父親接著插嘴道：

「記者先生，夠了吧。我兒子不都這樣說了，那是警察也相信的內容啊。」

「因為那些警察不清楚渡邊篤人是怎樣的人。」

對警察而言，富田緋色只是單純的參考人，當然不會追究太多。

渡邊篤人確實是個溫和、穩重的少年，然而九月中的他甚至激動到對著國會議員怒吼，面對加害者怎麼可能保持冷靜呢。

安藤說：「別扯謊。」

「你有什麼根據？」富田緋色突然厲聲說道。

看到他被逼急了的態度，安藤決定試著煽動他。

「你聽好了，反正渡邊篤人再過幾天就會被逮捕，他會把自己的身世以及直至目前的人生經歷全都告訴警察吧，而你的謊言一定會被拆穿。如果因為你做了偽證影響逮捕他的時間，並造成人員死亡，你以為你能開脫嗎？你想再回到少年感化院嗎？」

這些全都是亂掰的，但效果顯然非常大。

富田緋色的額頭滲出汗水。看到他的反應，安藤確定了。

「如果你現在告訴我，我可以找認識的警察說情。你自己想想哪邊對你比較有利吧。」

安藤試著緩緩喝了一些端出來給他的綠茶。

逼迫一個十四歲的少年，實在不是什麼成熟的手法。

富田緋色嘴唇發抖，汗水滴到桌面上。

「你、你說的是真的嗎？渡邊篤人被逮捕之後，會告訴警察一切。」

「我不認為一個十五歲少年能夠潛逃多久，逮捕他是遲早的問題吧。」

「怎麼這樣……」

「渡邊篤人會接受的審問，跟你過去經歷過的審問絕對不是一回事，肯定沒那麼簡單，畢竟他的年紀和案件規模都無法相比。想必他會說出包括跟你的互動在內的一切背景。」

應該差不多了。

安藤壓低聲音說：

「富田緋色，要說就趁現在。」

他突然哭出來。

而且是放聲嚎啕大哭，此舉讓富田的父親也察覺了，他應該對警察和家人都有所隱瞞。

到富田恢復平靜，大概花了將近十分鐘。後來他總算邊讓眼淚和鼻水弄髒袖子邊開口說：

「我、我在一年前還只是個普通中學生，加入了籃球隊，也有一點天分，或許可以在新人戰中先發。打球很快樂，但覺得練習很辛苦的時候也偶爾會蹺課。我真的只是這樣平凡的中學生，然而當我持續蹺課跑去便利商店時，突然就被不良少年學長盯上，然後……」

「我不是想問你的遭遇。」安藤打斷可能會這樣持續為自己辯護的富田發言。「渡邊篤人跑來找你時，你們說了什麼。」

富田邊抽泣著，邊一點一滴吐露：

「渡、渡邊篤人很生氣，他用菜刀指著我，並且威脅我。我拚命求饒。」富田緋色難過地說著。「我跟他說了，我引發的事件真相是什麼。」

「真相？」

富田緋色的事件應該只是亂丟菸蒂造成的。

難道不是這樣嗎？

「我被威脅了，是被認識的學長逼我去『幹一票』，所以無可奈何才去做的。要是拒絕了，我就會有生命危險。」

富田緋色說出事件真相。

一切都是學長的指示。他在案發前於鄰近商店購買菸酒，並特意選擇由高齡女性顧店的店家購買，藉此避開確認年齡的手續。在那之後，前往渡邊家，渡邊家後門設有一座燈油儲藏槽，他打開儲藏槽的蓋子並放火，待火延燒開來之後，富田緋色前去自首。他拚命跟警察強調「自己喝醉了」、「燈油槽的蓋子一開始就打開著，是丟掉的菸蒂造成延燒」、「酒醒了之後，立刻想來自首」。

安藤說不出話。

徹底運用了在少年審判上對被告有利的手法。

首先，販售菸酒給未成年的店家將被究責，如果是在喝醉狀態下造成的犯罪更不在話下。再加上若是自首，就會被認定有更生餘地。

那個他認識的學長的想法相當惡劣，竟然讓一個十三歲少年去做這些。這是個不會被認定為刑事案件的案子，當然檢調單位也不會出面搜查，只要找不出富田緋色和渡邊家有什麼關聯，就不會被懷疑是計畫性犯案吧。

「你那個所謂認識的學長是什麼人？」安藤問道。

富田沒有馬上回答，簡直像是懼怕著什麼一般。

在安藤催促之下，他總算招了。

「灰谷哥——是這座鎮上的不良少年，很有名。三年前甚至還殺過人。」

這座城鎮、不良少年、三年前、灰谷。

聽到這些關鍵字，安藤反射性地回答：

「該不會——是灰谷謙？」

「沒錯，我只是被灰谷哥脅迫而已。」

安藤說不出話。

怎會這麼湊巧。

灰谷謙——沒想到會從這個少年的口中聽到奪走自己情人的男子名字。

安藤拚命壓抑感情，因為不能在採訪中表現出動搖，這麼一來不就跟荒川一樣嗎？

調勻呼吸之後，才問道：「為什麼灰谷謙要鎖定渡邊篤人的家人？」

「我不知道。渡邊篤人也問過我同樣問題，但灰谷哥什麼都沒跟我說，我也是受害者。」

「渡邊篤人聽了你這麼說之後，有什麼反應？」

「他揪住我的衣領。」富田緋色聲音顫抖地說：「對著我大罵『我會讓你支付幾千萬賠償金』。」

民事訴訟啊。渡邊篤人當然知道這個方法吧。

只不過眼前這個臉色鐵青的少年似乎不知情。

「一開始我完全不知道是什麼意思，我以為我的犯罪行為只要從少年感化院出來就沒事了，那是我第一次聽說民事訴訟這個詞。如果渡邊篤人真的告我，我就要背負幾千萬債務，我跟他求情說我家沒有那麼多錢，請他放過我，但差點被他用菜刀捅。」

富田的聲音愈來愈大。

其中混雜著哭聲。

「我什麼都不知道，灰谷哥只有跟我說十三歲不會被當成犯罪，網路上也都這樣說，加害者會被少年法保護，少年法很寬鬆，未成年犯罪不會怎樣。我怎麼可能付得起幾千萬賠償金！就算花上一輩子都不可能啊！」

安藤看了看富田父親的表情，那是一張沉重、帶著憂鬱的臉。

這個家裡用的家具即使說得恭維也算不上豪華，他們的生活看起來的確算不上富裕，應該是沒指望能夠支付賠款吧。

「不過渡邊篤人說『就算花一輩子我也要你賠』。我好怕，跟他下跪，他才總算放下菜刀。」

想必他不是放棄復仇了。

只是比起憤怒，傻眼的情緒更加強烈吧。

「在那之後——」富田彷彿想起般說道：「對了，離開之際，渡邊篤人只問了我一件事——」

「問什麼？」

「『如果你知道有民事賠償的問題，還會犯罪嗎？』這樣。」

「這樣啊，你怎麼回答？」

富田緋色搖搖頭。

「當然不可能做。」

安藤把想脫口而出的「即使這樣你還不是做了」這句話吞了回去。

「聽了你的回答，渡邊篤人作何反應？」

「……露出了非常哀傷的表情。」

富田小聲說道。

安藤無法說些什麼了，因為渡邊篤人實在太可憐，令人不忍。

「安藤先生，我可以跟你確認一件事嗎？」富田緋色戰戰兢兢地說道。「我告訴你全部了，你不會寫成報導吧？我的存在不會被社會知道吧？」

看對方傻到這種程度，已經是一種悲哀了。

「我無法保證。恐怖行動造成的混亂正在擴散，即使我沒有報導，但身為渡邊篤人的關係人，你的名字可能還是會被寫到網路上。」

「可是錯都在灰谷哥身上耶。」或許因為無法承受沉重的事實，富田緋色再次高聲說道。「這一切我都是依照灰谷哥的命令去做的，我沒有錯。」

「不要把錯推給別人。」

「囉唆！犯下這個罪名之後，我再也無法回去學校，也無法打籃球，還要背債，糟糕透了。都是灰谷哥害的，我的人生被搞亂了，他才是一切的元兇不是嗎？」

富田緋色不管安藤制止，持續低聲碎碎唸。他的聲音愈來愈小，最後變成無法聽清楚的聲音了。

安藤覺得大概也沒辦法再講下去，於是起身。富田緋色連續被警察跟記者問話，精神應該受到相當大的刺激，要是繼續逼問下去讓他發狂可就麻煩了。安藤於是遞給富田的父親一張名片，表示：「如果還想到什麼，請跟我聯絡。」

離開之前，看了富田緋色一眼。

他仍對著桌子持續嘀咕著些什麼，好像說了「都是灰谷哥害的」之類的。帶著空虛的雙眼，不斷嘀咕著。

這樣的他散發著不尋常的詭異氣息，安藤判斷再這樣下去會無法控制，於是離開。

安藤離開之後，聽見一道罵聲傳來。

似乎是富田的父親破口大罵。即使來到外面，也能聽得一清二楚。

『你才不是我兒子，賠款什麼的你自己去賺錢來付，我一毛都不會給！』

富田緋色的父親似乎曾經想要用一點小錢跟渡邊篤人和解，因為他認為只是個十五歲少年的渡邊篤人應該沒見過什麼世面，而認為他會這樣就接受吧。在知道渡邊篤人打算走上民事訴訟程序後，富田的父親根本不知道該怎麼辦才好。

安藤咋舌。

雖然他沒有告訴富田父子，但沒有支付賠償金的加害者很多。很多加害者連一毛都不付，一直躲到期限過了為止。曾參加少年犯罪受害者集會的渡邊篤人，當然也知道這層現實吧。

雖然找到追蹤渡邊篤人的線索，但安藤的心情卻好不起來。

一切都太令人不愉快了。

包括對少年犯罪的認知淺薄，不負責任地擴散消息的人們。

包括沒有好好查清楚，就以輕佻的心情沾染犯罪行為的富田緋色。

包括不打算支付賠償金的富田緋色父親。

以及最重要的——

「灰谷謙啊。」

一提起他的名字，安藤的身體就熱了起來。

沒想到自己會再聽到這個男子的名字。

簡直像是亡靈。無論怎樣甩，這個男子都不會從安藤眼前消失。

殺害自己情人的男子再次作惡。

安藤又大大咋了一聲舌。

中午時分，荒川捎來聯絡，似乎收到了一些新情報。

安藤接起電話問說什麼事，就聽到荒川急切的聲音。

『山手線裡似乎發現了可疑物品，也逮捕了可疑分子。』

似乎是看到新聞快報。

似乎是山手線乘客在網架上發現可疑物品，電車於是又暫時停止，讓乘客先行避難，而警察立刻出面盤點可疑物品。

「原來如此，乘客應該也變得相當緊張。」

「被逮捕的是篤人小弟嗎？」

「不是吧。如果是，應該會直接報導出來。」

現在全國上下都期待渡邊篤人被逮捕歸案，所以應該會立刻傳達出來。

可能是渡邊篤人的幫兇，或者模仿犯吧。

安藤心想或許是前者，從渡邊篤人至今仍未被逮捕的現況來看，或許有人幫忙隱匿。就是提供躲藏起來的少年衣食住的幫兇。

「可疑物品裡面是什麼？」安藤問道。

『這點沒有報導出來。據在場者的ＳＮＳ表示，好像有聞到一股類似溫泉鄉的臭味。』

臭蛋味。安藤立刻想到了：「硫化氫啊……」

如果是這樣，那很有可能又是要引發隨機的恐怖行動。硫化氫是一種有毒氣體，如果讓這種東西在密閉空間內擴散，這下就算有人員死亡也不奇怪了。

這也是渡邊篤人預告過的恐怖行動嗎？

安藤跟荒川說明了渡邊篤人和富田緋色之間發生的事。荒川發表了同情渡邊篤人的感想，並表示了對富田緋色的憤怒。安藤已經習慣荒川總是站在渡邊篤人這邊的態度，並沒有多說什麼，只是簡短地整理了一下狀況。

「我們整理一下。認為渡邊篤人是為了復仇而行動應該沒有錯。與富田緋色見面之後，他去了灰谷謙的老家，並且打算以民事訴訟的方式報復富田緋色。至於對灰谷謙……」

『這次可能真的會發生殺傷事件。』

荒川接著安藤的話說。

如果灰谷謙的家人沒有發生什麼意外就好，但誰都不能保證不會。

「我現在立刻去灰谷謙的老家看看。你調查一下最近有沒有什麼還沒破案的案件，或者綁架案之類的。」

安藤掛斷與荒川的電話後，立刻採取行動。

他從以前就一直記著有關灰谷謙的情報。他已經不住老家了，在離開少年感化院之後，離開原本生長的地區，在保護司的監督之下開始了獨居生活，之後失蹤，也沒有回老家，去向不明。

渡邊篤人應該是找不到灰谷謙吧。

但灰谷謙的家人還在老家生活。

灰谷謙有母親及一個妹妹。

記得他妹妹好像是叫做灰谷梓。

6

如果說還有別條路可以選擇，或許是如此吧。

每天都有訊息傳到我的智慧型手機來。在中學時期，或者就讀全日制高中時的我並非沒有朋友，知道案情的人會因為關懷我而發送訊息過來。其中有詢問我「還好嗎？」的內容，也有「我們再一起出去玩吧」之類的邀約。

我很幸福。

其實有別條路可以走。

如果跟朋友一起度過，或許可以多少療癒事件造成的傷害。我們可以一起出去玩，散散心，並漸漸接納悲傷，與心傷一起朝向未來前進，就像美麗的青春連續劇那樣。這些我都知道。

但我怎樣都不想選擇這種選項。

在我心中，這樁案子還沒有結束。

還沒有一個能令我接受的結果。

我完全沒有回覆朋友發過來的訊息。

我不需要關懷，也不需要散心。我不想忘記受到的創傷，我並不是想要打起精神。我所追求的，只有能夠填補我失去家人的同等代價，我不需要做些額外的沒必要事情。

能夠關懷他人的餘力，以及朋友的存在，都快要讓我窒息。

我知道自己的性格變得扭曲。

不過，這又怎樣。

我一一封鎖登錄在智慧型手機上的朋友，並刪除他們，接著退出聊天群。我只知道這些朋友的ＳＮＳ帳號，我們彼此都不知道對方的地址、電話號碼和郵件信箱。只要封鎖了帳號，就再也無法取得聯絡。

再見了，我的朋友們。

我唯一留下的，就是梓的聯絡方式。

現在必要的，只有這個就夠了。

我在墓碑前雙手合十。

在永遠沉睡的家族跟前報告自己的近況。

「我去見了富田緋色。雖然很想一刀捅死他，但對不起……有錯的似乎不只是他，背後還有一個完全不會受到制裁的男子。」

我放開合十的雙手，伸手往放在墓碑前的東西。

那是祖母留下的菜刀，與實夕給我的雪花蓮卡片。

「持續行動。」

我說道。

「直到毀了殺害祖母和實夕的傢伙之前，我都不會停止。」

我有必須完成的使命。

我所必要的，只有勇氣。

・・・

我比約定好的五點提早兩個小時造訪了梓的家。

一如所料，她的母親出來應門。我遞出伴手禮奶油蛋糕，對方雖然客套地說「這怎麼好意思」，仍表現得很高興，看起來並沒有不信任我的感覺。真的是一個親切的人。

雖然我曾想過短時間二度拜訪是否會令人起疑，但似乎是杞人憂天。

梓的母親請我入內，善良親切的她應該覺得在十二月的寒冷天氣中，讓我在戶外空等兩小時不好吧。這點確實很感謝她。

我緩緩脫下上衣爭取時間，並抓準空檔鎖上大門，以避免出現妨礙。之前造訪的時候，我已經記住了房子的格局和窗戶的位置。只要關上門，就無法從外面看見玄關前這段走廊的狀況。

我深呼吸，摸了摸左邊口袋的雪花蓮卡片。祈禱著。

接著用右手握緊的菜刀指著梓的母親。

「請別動，拜託妳了。」

梓的母親應該沒想到會突然被人用刀指著吧。

只見她瞠目結舌，茫然佇立。

「篤人、同學？」她的嘴唇動了。

「我不想鬧事，請照我說的做。」

她的嘴唇稍稍動了。

「為什麼……？」

「我簡單自我介紹一下，我是灰谷謙的受害者。」

這句話似乎讓她理解了狀況。

「謙他又……」她呻吟著，似乎很輕易地就相信了，感覺完全不信任名叫灰谷謙的男子。

「妳是灰谷謙的母親沒錯嗎？」

「……是的。」她輕輕點頭。

太好了，如果真的弄錯可一點也笑不出來。

「總之，我們換個地方吧。我有些東西想找看看，請妳帶我去梓的房間。」

梓的母親完全沒有抵抗，遵守著我的指示。

梓的房間整理得很乾淨，裡面有書桌、櫥櫃、床頭櫃，簡直就像一間樣品屋，沒有多餘物品。如果要說起特徵，頂多就是花卉圖片和照片的海報雜亂無章地貼在牆上吧。

看來梓真的格外喜歡花卉。

我拉上窗簾，與梓的母親面對面。

「我想知道灰谷謙在哪裡。」我說道。「妳知道嗎？」

「不……謙失蹤了，聯絡不到他。」

這回答在我意料之內。

她難道認為我會說「這樣喔，我知道了」就打退堂鼓嗎？

「那麼，妳知道梓的日記放在哪裡嗎？」

「不……為何問這個？」

「我想確認妳所說是不是事實。」我用菜刀敲打桌子。「快點去找出來。」

我雖然大聲說道，但她文風不動。

為什麼不聽我的話？

想幹嘛？我心裡愈來愈焦躁。

「拜託妳，我今天可能會殺人。就像灰谷謙奪走我的家人那樣，我也想奪走他的家人。我就是抱這麼大的覺悟才來到這裡的。」

梓的母親沒有從我身上別開目光。

她沒有非難我，也沒有畏懼我，只是默默地以誠摯的眼神看著我。

「你也是小犬的受害者對吧？」她說道。

「我不是這麼說了嗎？」

「我不知道日記放在哪裡。比起這個，可以請你先告訴我，你身上到底發生了什麼事嗎？」

想爭取時間啊。

我心想無妨，於是在椅子上坐下。反正在梓回來之前，我有的是時間。

我將菜刀放在書桌上。

「這把菜刀是祖母的遺物。」

不擅長料理的祖母，總是無法順利好好處理魚類，菜刀上面傷痕累累。我邊撫著刀上的傷痕，邊回想起過去。

「灰谷謙威脅鎮上的國中生，殺害了我的家人。這件事我是從實際執行的犯人，一個叫富田緋色的少年口中聽來的。我不認為他說謊，因為我感覺不出他有這麼聰明。」

我回想起富田緋色的表情。

他害怕著灰谷謙，把灰谷謙當成一個殺人犯懼怕。

「在這座城鎮，灰谷謙似乎相當有名氣呢。」

「真是家醜……」

「他現在在哪裡？妳真的不知道嗎？」

梓的母親搖了搖頭。

「我們也不知道。」

「搞什麼鬼，妳知道嗎？那個人！現在也還在威脅他人，殺害他人喔！那是妳兒子吧！不要放任不管啊！」

「他兩年前失蹤，那之後我就不知道他在哪裡。」

我心中湧起的是一股沸騰般的火熱情感。

太不負責任了。自己養育的小孩明明持續與兇惡犯罪有關耶。

我握緊菜刀，心想得更把她逼上絕路——

「那妳就說啊。」我瞪著她。「說說直到妳兒子失蹤前的經過。」

她面對我的憤怒，點了點頭說「我明白了」後，像是理所當然一般正襟危坐。

接著以「首先從家庭環境說起吧。」開頭。

梓的母親名為灰谷美紀。她生下梓之後與丈夫離婚，生產之後身體狀況欠佳的她沒能獲得小孩的監護權，謙和梓被判給了父親。灰谷美紀回到老家休養身體，在離婚五年後，前夫來表示希望能由她照顧兩個小孩，灰谷美紀於是暌違五年後再次見到一對兒女。

「但發現了出乎意料的狀況。」

她淡淡地說道。

「謙身上滿是傷痕，他受到前夫女友虐待。」

九歲的謙養成了粗暴的性格。一旦開始鬧起來，連大人都無法控制。在小學不僅會打同學，甚至還會踹老師，如果在家裡責備他，他甚至還會對灰谷美紀揮拳相向。

他不擅長與人溝通，只能透過大鬧來表示不滿。灰谷謙變成了這樣的小孩。

「平常是個很親人的孩子。即使大鬧過，過了幾個小時之後也會像沒事一樣來撒嬌、討零食吃，但沒有人知道他何時會再次大鬧。這樣的狀況一直持續。」

這聽起來就像找理由的話讓我很不悅。

雖然我很想靜靜聽她說，可是實在忍不住。

「那就快點帶去找專家啊，不是有相關設施嗎？」

「如果帶謙去找諮商師他就會不高興，會破口大罵並對家人使用暴力。只能在他心情大好的時候才能勉強帶過去。」

梓的母親繼續說道。

灰谷謙上了中學，祖父亡故之後，連帶去找諮商師都沒辦法。

「隨著身體長大，謙的暴力傾向變得更強，他會破壞教師的車、殺害他人養的狗、拿折椅打學長姊……諮商師看不下去，於是通報兒童福利服務中心，希望兒童少年福利科，也就是警察或醫療機關等能配合處理，但兒童福利中心沒有同意。」

「為什麼？」

「兒福中心因為工作過於繁重，所以有特別安排不要接收過多通報。」

我再次坐下，摸摸放在桌上的菜刀刀背。

如果不做點什麼，我真的聽不下去。

「在那一個月之後，不受控的謙終於殺人了。」

灰谷謙在殺害名為井口美智子的女性之後，進入第一類少年感化院。據職員所說，灰谷謙在院內表現出深切悔意。

從少年感化院出來後，他離開老家，在保護司的監督之下，於外縣市開始獨居生活。他沒有上高中，據說在一家小小的超市工作，個性變得溫和許多，也沒有再引起暴力事件。甚至對灰谷美紀說過在打工的超市交到了新朋友。

灰谷美紀和梓都因為謙順利更生而安心，終於喘了一口氣。

但是這股希望突然被毀了。

「應該是距今大約一年半前的事情吧。謙工作的超市打電話過來，說他沒去上班。似乎是因為他的過去被刊登在某週刊上，於是有惡作劇電話打到他的職場，周遭人的態度丕變，而他因此大受打擊。我雖然馬上去了謙的住處，但他已經失蹤了，從那之後他就一次也沒有聯絡過我們。」

「這樣……」

「這就是身為母親的我所知道的，有關謙的一切。」她結束說明。

在一片沉寂的場面中，我提出一個問題。

「妳們沒想過在他離開少年感化院之後跟他同住嗎？」

「我們跟少年感化院的職員討論過之後，決定不那麼做。這一帶的住戶全都知道謙犯下的案子，我們不僅曾經晚上在信箱收過奇怪的信，梓的花圃也曾被踐踏。於是我們判斷，讓謙在全新的土地生活比較好。」

結果，灰谷謙就開始了獨居生活。

想知道的大致上都聽完了。

我再次握緊卡片。

「這跟我有什麼關係。」

我拉高聲音。

不可以原諒。

無論灰谷謙這個人有什麼樣的過去，我都必須完成復仇。

表面上的和平絕對拯救不了我。

「跟我無關。即使妳所說為真，這也都是加害者的問題！無論加害者有什麼狀況，我失去的家人都不會回來！」

我把近在手邊的幾本書朝著梓的母親扔去。

丟了之後我才知道，那些是梓的教科書。我同時丟了好幾本，書本擦過她的身體，教科書的硬挺書背撞擊地板的悶聲陸續傳來。

我說不出話。

『殺人犯的妹妹』。

這般粗暴的文字映入眼簾。

就在梓的教科書上。

用粗黑簽字筆寫的訊息。

『受害者原諒你們了嗎？還沒去賠罪嗎？』

『園藝好玩嗎？井口小姐根本無法做呢。』

『妳哥哥殺了人，為什麼還能活著呢？』

我跪在地上，摸了摸散落在地板的教科書。

每翻一頁，就會看到不一樣的塗鴉。

「因為這是一座小城鎮，所以八卦傳得很快。」梓的母親嘀咕。

我無法從教科書別開目光。

在這之間，梓的母親仍持續說明：

「梓在學校也遭受了嚴重的霸凌。這或許是我偏袒，但她即使如此仍不服輸、不挫敗，成長得很健全。」

我故意假裝沒看到。

其實我都想像得到。

明明非常和善，但梓本人卻說自己沒什麼朋友的時候，我就發現了。

「……不過，這還是跟我無關。」我反覆同樣的話。「無論妳們有多麼悲慘的遭遇，都跟我……」

我拚命擠出聲音。

梓的母親始終以堅毅的態度凝視著我。

「沒錯，這全是家長的責任，梓沒有錯。然後關於謙，也是養育他的我的錯。」

她雙手撐住地。

額頭叩在地板上。

「請你殺了我，不要對謙和梓下手……」

一股聲音。

腦中彷彿有火花炸開，

我像是想把空氣全部擠出肺部一般咆哮，走過梓的母親身邊，衝出走廊。我邊哭邊叫，扯下貼在走廊上的海報。

圖釘彈開，撕碎的紙於空中飛舞。

牆上貼了幾十張海報。

我一一將它們扯下。

櫻花、三色堇、百合、繡球花、秋海棠、山茶花、康乃馨、向日葵，還有許多我所不知道的花朵。我撕碎了各式各樣花卉海報，碎紙片就像花瓣一樣灑落走廊。

一股直覺告訴我。

若灰谷美紀所說為真……

貼在家中的海報意義——

我撕碎了那些花朵圖片，確認暴露在外的真相。

——隱藏在海報之下的，是無數開在牆上的洞。

答案很明白。

那是灰谷謙打過的痕跡。

那是灰谷謙踹過的痕跡。

是煎熬這個家的無數暴力。

我邊咆哮，邊持續扯下隱藏這些痕跡的花卉，手指都痛了起來，圖釘刺傷皮膚。每撕下一張，就能看見新的洞，是持續煎熬這家人的證據。

我撕下所有海報。

梓的母親站在滿是坑洞的走廊另一邊。

「這樣太卑鄙了！」

我下意識地控訴。

「我怎麼可能對一個下跪的人下殺手！我不可能變得那麼無情啊。」

我無法。

我不可能做得到。

在短短一年前，我還只是個平凡的學生。理所當然地活在社會中，與他人交流。無論對方多麼可憎，也無法輕視殺人有多麼沉重。

我的菜刀會貫穿人肉，深入骨頭。倒在眼前的人將痛苦地呻吟，濺回來的血將染紅我的雙手。光是想像這些，就足以令人害怕畏縮。

我是個普通人，不是殺人魔。

「……真的沒有人知道……灰谷謙的去向嗎？」我的口氣變成懇求，明明已經問過好幾次。

梓的母親再次低頭。

我無法直視她的模樣，等我回神已經奔了出去。

我只是一股腦地在路上狂奔。

我忘了拿外套，冰冷的風奪走我的體溫，我愈是加速，雪就愈強力地砸在我臉上。

呼出的氣息濃厚泛白，身體明明像是燃燒般火熱，但指尖和耳朵卻冰冷得吃疼。

我無法停下腳步。

我有種一停下，就無法再次邁出腳步的感覺。

好悲慘。

我明明心想為了妹妹、為了祖母而那麼憤慨，但我卻丟下了菜刀逃跑。好沒用、好丟臉，怎麼會這麼不成材啊。原來我對家人的愛，只有這點程度嗎？

我無法對灰谷謙的家人下殺手。

灰谷謙奪走了我的家人，然而我卻殺不了他的家人。

我是個沒膽量的膽小鬼，甚至沒有足夠強大的覺悟去刺殺一名下跪的女性。

「我……」我邊跑著，話語脫口而出。「我……」

還沒說完，腳就被雪地絆了一下。

悽慘地跌倒的我甚至沒能好好保護自己，鼻子直接撞在地上，流出鼻血。我擦掉流出的血，站了起來，整個人頹然倒在一旁的長椅上。

這是我第一次這樣仰望持續飄降的雪。

雪片堆積在我身上，緩緩從空中飄落的雪反射ＬＥＤ照明燈，閃耀著藍白色光芒。落在我身上的白雪沒有馬上融化，簡直像勾勒出花紋那樣點綴了我的黑色毛衣。

背後融化的雪沾溼衣服，奪走體溫。我也漸漸習慣這樣的冷了。

如果我就這樣不動，應該會凍死吧。

但是，我卻沒有想立刻起身的念頭。

我看向旁邊，那裡有一座雪花蓮花圃，是之前曾來拜訪過、有妝點燈飾的花園一角。

看樣子我在下意識之中來到這裡。

埋在雪下的雪花蓮，感覺還沒有要綻放。

看著花，讓我想起妹妹實夕。

她為什麼要說謊呢。

為什麼要謊稱「在山裡摘到」應該不會生長在山中的雪花蓮呢？她的鞋子沾了泥巴

——毫無疑問一定是上山了。在山裡面到底發生了什麼？

在送給我花的那天晚上，實夕死了。

知道真相的人，應該只有灰谷謙。

我想逼問他，卻沒有方法找出他。連灰谷謙的家人都不知道他的去向。

無論在哪裡都追不到。

我到底該如何是好？

我怎麼填補失去家人後造成的內心失落？

ＬＥＤ燈的光線太過炫目，我閉上了雙眼。

視野被黑色填滿。

黑色——是我的顏色。

我一直走在黑暗之中。逼問國會議員、怒罵富田緋色、欺騙灰谷梓、威脅灰谷美紀。

不過心裡仍無法釋懷，無法擺脫這片黑暗。

在報復完之後死了也無所謂——我明明應該有這般覺悟了啊。

在黑暗中響起的，只有那無數的「聲音」。

『加害者受到少年法保護，可以盡情胡搞』、『即使殺了人，幾年之後還可以正常生活什麼的，不可原諒』、『如果無法懲罰加害人本身，就該給父母判處極刑』。

有人期望我復仇，有人可憐我、支持我，我好幾次好幾次回想起這些聲音，鼓舞自己的心。

不過——這些究竟有什麼意義呢？

「全都毀了吧。」我動了動嘴唇。「一切都毀掉吧。」

我在醫院的太平間裡發過誓。

我握著實夕的手發著誓。她的手指呈現像是燃燒般的粉紅色，那是一氧化碳中毒的症狀。在死亡之前，她有多麼痛苦？光是想像我的眼淚就要奪眶而出。

我約定了，會為她報仇。

我宣告了，會讓犯人支付應有的代價。

我必須持續行動。

無論面對怎樣的苦難，我都必須前進。

因為實夕已經不會動了。

她的心臟已經停止跳動了。

「全部、全部，連同世界一起整個炸爛就好了。」

意識漸漸遠去，身體與我的意志相反，疲累不堪。我不禁自嘲，畢竟昨晚沒睡覺，一想到自己可能變成殺人犯，我就整晚無法入眠。這股緊張已經達到極限了吧。

在眼瞼下拓展的黑暗——我彷彿被這片黑吸入一般，失去了意識。

放置在車內的可疑物品又造成了話題。

所有人都將之與渡邊篤人的恐怖行為連結。

電視節目裡，專家呼籲民眾注意電車內的可疑物品，在那之後畫面映出新宿車站的模樣。避免搭乘電車的人們，在車站形成等計程車的隊伍，而男性播報員則熱情地訪問這條隊伍上的人。其中令人印象深刻的部分，就是他們的發言剪接得很不自然，應該是因為拿掉了「渡邊篤人」的本名之故吧。媒體似乎也正為了要怎麼對應著未成年恐怖分子而困擾，時事評論家不能支持他，也不能太誇張地加以批判，只能反覆說些不痛不癢的發言。

相對的，網路上完全沒有任何顧慮地揭露了渡邊篤人相關情報，似乎也有人打電話去渡邊篤人生活的設施以及就讀的高中，並將當時電話中的應對內容全部寫了出來。

十五歲少年自行揭露本名與長相，並策劃爆炸恐怖行動——這一般來說不可能採取的行為，不僅被海外媒體大肆報導，短時間也似乎對日經平均股價造成很大影響。

比起爆炸恐怖行動本身，針對致使交通機關停擺的批評聲浪更大。不同媒體估算出的經濟損失額雖然有幾百億到幾千億之間的差距，仍不改民眾的憤怒聲音。

儘管如此，仍能找到擁護渡邊篤人的部落格，令安藤有些意外。不過，他在讀完部落格之後只有傻眼，因為盡是些把渡邊篤人的恐怖行動，強行解釋成現代年輕人將不滿訴諸社會的擁護內容。從留言來看，應該是看到渡邊篤人端正的外貌而產生的粉絲。

藝人的ＳＮＳ帳號則因一條「渡邊篤人該處以死刑，少年法太寬鬆了」發言而成了戰場，留言欄分成贊成與反對兩派。有人擁護渡邊篤人，表示不應在逮捕歸案之前妄下定論；也有人表示這說得真是好，而後者呈現壓倒性多數。

事件發生之後，隨著時間經過，造成的影響漸漸浮現。

但渡邊篤人還沒有被逮捕歸案。

事件發生後過了三十二小時，調查終於開始觸礁了。

安藤雖然去拜訪了灰谷謙的老家，但一家人都不在。就鄰居所說，應該從昨天就沒人在了，也不知道他們去了哪裡。灰谷謙的母親灰谷美紀似乎不太和鄰居往來，原因應該出自灰谷謙過去犯下的案子吧，總之沒有人知道他們去了哪裡。

荒川調查了灰谷謙老家這一帶所發生的案件。這幾個月下來都沒有什麼不好的事件，也沒有失蹤人口相關情報。至少可以得知，渡邊篤人沒有加害於灰谷謙的家人。

安藤認為，接下來應該很難繼續追查渡邊篤人的過去了。

於是他們打出下一張牌。利用從富田緋色那裡問到的信箱帳號，傳電子郵件給灰谷謙。

但沒有收到回信，也只能認為對方理所當然會戒備而死心。灰谷謙曾一度被週刊雜誌毀了人生，心中當然會恨吧。

安藤等人在這之間不斷工作，幾乎連覺都沒睡。主編稱讚安藤等人的採訪成果，立刻積極地決定在下一期刊登特集報導。過去發生在渡邊篤人身上的事件、與比津議員之間的爭執、拜訪富田緋色家等，足以寫成報導的情報已經齊備。

不過，這篇報導無法剖析渡邊篤人的心理——安藤心裡抱持著類似這樣的不完整感覺。

結果，渡邊篤人與恐怖行動之間的因果關係仍然不明。

也沒有其他可以採訪的對象。他曾待過的設施與高中已經拒絕了採訪，好了，這下該如何是好呢？

當他在編輯部沉思時，荒川搭話道：

「話說，在電車裡面發現的可疑物品究竟是什麼？」

關於可疑物品這邊，已經從新谷身上獲得相關情報。安藤以富田緋色的一部分情報作為交換，讓新谷告訴他目前的搜查狀況。

「看來似乎真的是想利用硫化氫引發的恐怖行動。包包裡面裝了清潔劑和農藥，讓酸性清潔劑和石灰硫磺合劑在指定時間混合。」

「混合之後才會產生危險對吧？」

「嗯，如果沒有接到可疑物品通報，很可能造成死者出現。被逮捕的似乎是一個女孩子，沒有身分證件，完全保持緘默。」

目前還無法得知這位少女是什麼人。

但審問她的是國家機關，只要警察花上幾個小時逼問，遲早會招吧。

「關於這個案件，警察怎麼說？」

「似乎相當困惑。渡邊篤人背後沒有任何組織操控，目前推測指向他是單獨犯案，或者只是依靠少數幾位協助者執行恐怖行動。也就是所謂孤狼型的恐怖分子。」
安藤把新谷所說的內容告訴荒川。
公安警察雖然去問了各大反社會團體的相關情報，但無論對左派、右派甚至新興宗教團體而言，都是出乎意料的爆炸恐怖行動。
「安藤先生，這個案子真的哪裡怪怪的。」
「這我也知道。」
「我看不出篤人小弟的目的為何。」
這是全日本所有人都在意的問題。
安藤等人也沒有具體答案，雖然已經知道渡邊篤人是為了報復才追蹤加害者，但這到底要怎麼跟爆炸恐怖行動扯上關係呢？
「能夠想到的只有對少年法的憤怒，但如果是這樣，為什麼不發出犯罪聲明呢？他只要發出『我是少年犯罪的受害者，因為對少年法太過憤怒才引發了恐怖行動』之類的聲明就好了，一定會有很多人贊同。」
安藤想起之前激動不已的荒川。
只要知道渡邊篤人的過去，應該就會有像荒川這樣擁護渡邊篤人的人出現。雖然不見得認同恐怖行動，但他的遭遇、他對少年法的憤怒，應能博得大量同情吧。考量到他才十五歲，就更不用說了。」

「不過，這樣下去，篤人小弟只會被認定是兇殘的恐怖分子。」

「不是『不過』，渡邊篤人已經是兇殘的恐怖分子了。」

「可是我實在不認為事情只是這麼單純，他一定有所目的才對。他想必被什麼人威脅了吧。」

「確實莫名其妙的點太多了些。」

荒川的疑問是再合理不過。

渡邊篤人為什麼不把犯罪聲明發到網路上呢？

既然痛恨少年法，為什麼不向社會訴說這點？

「不，不對。」安藤察覺了。「或許他是不需要發出犯罪聲明。」

有件事情該確認一下。

安藤立刻撥出電話。

安藤再次約了比津，很幸運地他空出了時間。安藤在比津帶領之下，進入某店家的包廂之內。

「對不起，又打擾了您的時間。我有件事情怎樣都想確認一下。」

入座之後，安藤立刻開口說道。

「這次的恐怖犯罪將會成為少年法重罰化的契機嗎？」

這是比津對渡邊篤人和荒川都說明過的事情。在少年犯罪總數下降的現在，想讓少年法往重罰方向修正，就必須有相應的事由才行。

這點毫無疑問，有許多現實是無法只靠訴諸情感來改變。

但實際上，至今少年法已經好幾次修正過。

「關於這點呢。」比津頷首。「若想提少年法修正案，特別是往重罰方向修正，就必須要有強大動機。例如——」

「遠遠超出少年法想像的重大犯罪。」

比津「嗯」了一聲同意安藤發言。

最具代表性的，就是一位十四歲少年犯下的連續兒童殺傷案。以此案為契機，追究刑事罰則的最低年齡——觸法年齡下修了。或者像是在長崎發生的小學六年級學生殺傷案，以及十二歲少年犯下的誘拐案，因這些案件的關係，送往少年感化院的年齡大致上下修為十二歲以上。當然，事情並不會單純到因為單一案件就執行修法，但毫無疑問這些都是造成修法結果的重大契機。

「我也想過同樣的可能性。」比津說道。「若渡邊篤人的目的是修正少年法，那他只要被逮捕就好。甚至該說，他出面提出修正少年法的訴求，只會引起世間反駁吧。」

這是非常有可能發生的狀況。

假使身為恐怖行動主嫌人的渡邊篤人具體喊出希望少年法重罰化，很有可能招致世間反感，變成「輪不到你來說嘴」這樣的結果。

「既然如此。」安藤說道。「渡邊篤人就是希望成為一個兇狠罪犯，並遭到世間非難嗎？」

「只要媒體不要幫倒忙，他的願望應該會實現吧。一位與網路社會緊密關聯的少年，透過網路上得來的情報製作炸彈，並發起前所未有的恐怖行動——確實沒有什麼案子比這更適合拿來修正少年法了。」

比津喝了一口送上來的烏龍茶之後說道：

「可是若媒體把渡邊篤人塑造成無法承受孤獨的悲劇小孩，輿論就會分成兩派吧。

說不定將無法帶到重罰化這個方向上。」

安藤沒辦法回話。

十五歲，雖然不若成人那般成熟，卻也很難算是小孩，實在是非常尷尬的年紀。世間究竟會怎樣看待他？

「安藤先生。」比津挺出身子。「我認為你是持續追蹤少年犯罪受害者的伙伴，所以告訴你。」

「什麼事？」

「現階段就是分水嶺。目前案件還沒有造成死亡，這當然是好事，但也無法否認這樣無法成為修正少年法的決定性因素，如果想大幅修正少年法，輿論的力量不可或缺。」

比津以強而有力的眼神看過來。

「若要撫平受害者的遺憾，就有必要加上渡邊篤人是無法更生的窮兇惡極罪犯這樣的印象。」

原來如此，這就是比津之所以如此配合採訪的原因啊。

也就是說，他希望安藤操控輿論。

安藤舔了舔乾燥的嘴唇。

「渡邊篤人本身變成兇惡罪犯，可以引導輿論走向少年法重罰化——比津先生，您真的相信這樣的假設嗎？」

「安藤先生你也是這麼想的，對吧？」

安藤搖搖頭，這只是諸多可能性其中之一。

不要小看煽動這種操作方式，別以為我會被這種笑話釣到。

「我覺得要下定論還太早，我沒打算報導出被扭曲過的真相。」

安藤之所以來拜訪比津，是為了確認。

而不是跳下來攪和政治家的膚淺操作。

「比津先生，沒有真相，只為了煽動輿論的報導就是單純的政治宣傳。您每屆在地方選區的得票率愈來愈低，也曾因為針對少年犯罪的激烈言論而被媒體嚴重批判。其實您心裡應該有所盤算，想要利用這次案件，扭轉身為長年訴求重罰化的人的評價吧？」

畢竟這是個很大的案子，非常適合用來拉票。

比津雖然以活力十足的新進年輕議員身分受到注目，後來漸漸黯淡失色。加上針對少年犯罪的激烈言論不只一次被律師抓來當成把柄，甚至傳聞在黨內遭到孤立，當然會想利用這類大型案件做出一些成果吧。

雖然這是相當一針見血的見解，但安藤顧不了這麼多，一口氣說完。

想要記者放棄新聞學的人，終究無法視為伙伴。

「事情並不是這樣。」

比津乾脆地否定。

「我只是想實現渡邊篤人的願望而已。」

「還沒辦法斷定這就是他的願望。」

「安藤先生，你沒有實際看過，對著我訴說『為什麼少年法不會改變』時的渡邊篤人是什麼樣的表情。你應該很清楚這些不能只說空泛表面，受害者的應報情緒究竟是什麼樣的。無論是否正當，都應將輿論引導到重罰化的方向上，而這只有比任何人更早開始追蹤渡邊篤人的你做得到。這次的案件，是能夠大幅度修法的絕佳機會。」

比津以足以射穿人的目光看向安藤。

他的聲音之中蘊含強烈怒氣。

「你究竟是為了什麼持續追蹤受害人的！」

為了什麼啊。

面對這強而有力的提問，安藤無法立刻回答。

他知道在自己的心中，有著認為比津的假設或許正確的自己存在。

渡邊篤人憎恨少年法，加上支持他的家人已經不在了。

「精神不安定的十五歲少年對保護加害者的少年法抱持恨意，他半是變得自暴自棄，發起一連串恐怖行動。他不需要犯案聲明，只要被逮捕，輿論就會擅自認為該加以重罰。」

這麼整理下來，就會覺得說得通。

至少一個十五歲少年發起恐怖行動這種異常狀況已經發生了。

這樣的推想確實足以解釋現在這樣的異常狀況。

「但是，我認為渡邊篤人不是單獨犯案。」安藤說道。「您告知渡邊篤人少年法的現狀，到他實際犯案為止之間過了四個月。這段時間要能準備炸彈實在是太短了，首先我們得找出協助他的人才行。」

這只是偏離論點的作法，比津當然能看穿這點程度的小事。

安藤覺得內心一陣重壓。

到這時候他才發現，自己心中也有著想要擁護渡邊篤人的情緒。

只能對自己傻眼。

這樣不就沒資格笑荒川了嗎？

・・・

「不能在電話裡面說的內容是什麼？」

晚上，安藤在警視廳前等待，新谷便現身了。

「抱歉，這次的情報有些特別。」

在電話裡面，新谷都只會說些遲早會被新聞報導出來的內容。警察內部可能也有要小心通話被旁聽的規定之類。

安藤首先確認：「你們還沒找到渡邊篤人躲在哪裡嗎？」

「還沒。渡邊篤人的智慧型手機不知道是不是壞了，總之無法追蹤訊號。我想第二段影片應該是透過別的終端機，利用室內的免費無線網路，並經由匿名瀏覽器上傳的。現在我們正在一一追查收集到的所有目擊情報。」

「為什麼不公開監視攝影機的影像？應該有拍到設置炸彈前後的影像吧？」

新谷輕輕呼了口氣。

「上頭還在議論，因為對象未成年的可能性很高，所以才猶豫。不過，如果沒辦法將他逮捕，遲早會公開吧。好了，正事是什麼？」

「我有些照片想請妳看一下。這個人跟案子有沒有關聯？」

安藤從口袋掏出一張照片給新谷看。

那是兩年前，在某一家超市工作的少年照片。

「安藤，你知道這傢伙？」新谷睜大眼睛。

「妳先回答我的問題。」

新谷皺眉。

但立刻回答了。

「渡邊篤人的關係人。在車站月台放置炸彈的，就是他。」

「真的嗎？」安藤拉大音量，他以為自己聽錯了。「呃，難道說渡邊篤人其實不是炸彈恐怖行動的執行犯嗎？」

新谷加以肯定，並立刻開始說明。

如果發表執行犯另有他人的消息，很有可能引發不必要的混亂。在渡邊篤人與執行犯被逮捕歸案之前不會報導出來，也是基於警察這邊的判斷。

「這照片在哪拿到的？」新谷小聲問道。

安藤邊按著額頭邊回答。

「灰谷謙，就是三年前殺害美智子的人。」

「就是這傢伙啊。」新谷動了動眉頭。「原來如此……就是他啊。」

新谷臉上表情之所以沒有太大變化，應該是職業病導致吧。

「謝謝你提供貴重的情報，我們會立刻逮捕這傢伙。」

新谷給了一個可靠的回覆之後，就轉回警視廳裡了。

但安藤在心裡說了聲不好意思。

他並沒有告訴新谷灰谷謙的聯絡方式。

獲得貴重情報的是安藤。

灰谷謙與這個案子有關——那麼當然就有辦法準備釣他出來的誘餌了。

灰谷謙指定了在東京與神奈川之間的一座小鎮。

安藤從警視廳離開後，立刻發送電子郵件給灰谷謙，內容則都是瞎掰的。儘管這違反採訪道德，但他也不管了。透過至今收集得來的情報，他能推敲出灰谷謙可能上鉤的條件。

結果確實如安藤所料。

隔天早晨，灰谷謙回覆了。

灰谷謙選擇了一處視野開闊的公園碰面，除了入口之外沒有設置任何監視攝影機，只要跨過柵欄，就可以進入公園腹地，然後沒有任何可以供人躲藏的地方。應該是灰谷戒備著警察吧。

郵件裡面指示安藤等人到操場中央等待。

平日的公園裡除了安藤等人之外別無他人。只有冷冽的風吹著。

「他真的會來嗎？」荒川說道。

這回安藤讓荒川也跟著來採訪，荒川應該是認為只讓安藤一個人來會有危險，於是自告奮勇要跟來。

「他是過去殺過人，這次爆炸恐怖行動的執行犯對吧？這樣的人會悠悠哉哉地現身嗎？」

安藤對荒川隱瞞了灰谷謙的一部分過去，他只有平鋪直述井口美智子遭到殺害的事實，並沒有提及她是自己情人的這個部分。

「應該會來。」安藤看著時鐘說道。「照我推測的話。」

約好的碰面時間是上午十一點。

離約定時間過了二十分鐘之後，灰谷謙現身了。

許久未再見到面的灰谷謙。

他體格壯碩，身高應該有一百八十公分以上吧，頭上針織帽拉得很低，並戴著一張黑口罩遮臉。唯一暴露在外的目光兇惡，不停地交互瞪著安藤與荒川。

安藤心想，這傢伙真像條野狗。骯髒、兇暴，不受到任何束縛的野獸。

「你是灰谷謙嗎？」安藤問道。

其實根本不需要確認，安藤兩年前就知道了他的長相。

「記者真的很強耶。」

灰谷謙拉開口罩說道，聲音低沉。

「沒想到這麼快就找到我這邊來了，連警察都還沒有察覺吧？」

他從褲子掏出一把蝴蝶刀，指向安藤。

「我們換個地方。聽好了，別想報警。」

對安藤來說，換去人煙稀少的地方正合他意。

總算找到這裡了。在獲得情報之前，要是被警察就這麼搶去可就虧大了。

當然要等灰谷全部招了之後再報警。

問題在於眼前這個人是否願意讓安藤報警。

安藤等人遵從灰谷謙的指示走在前面。

接著看到一座廢棄小工廠，應該是很久之前就停工了，寫在牆上的公司行號名已經模糊不清。

如果安藤沒有記錯，這裡應該是許多地方小工廠林立的地區。隨著地方衰退，荒廢的事業跟著增加，甚至連拆除廠房的費用都支付不起，於是只像這樣留下了廢棄工廠建築物。即使壞人跑進去住上幾天，或許都不會被馬上發現。

鐵捲門鎖已經壞了，應該是用鐵撬撬開的吧，上頭充滿鮮明的傷痕。

廢工廠裡面散落著隨手包食物的垃圾與空寶特瓶，從垃圾的數量看來，應該是一到兩人份。安藤環顧周遭，沒有看到渡邊篤人的身影。

「這裡只有我。」

灰谷謙拿起一個寶特瓶，一鼓作氣喝光，而且連續喝掉兩瓶。

這種異常的口渴感覺，讓安藤想起過去曾見過的合成大麻素成癮者。說不定灰谷謙也染上了這類毒品。

灰谷謙一副很美味的樣子抹了抹嘴後說道：

「我之所以信任你們，是因為你們家的週刊對壞小孩絕不輕饒。以前你們寫過我的報導吧？毫不猶豫地就刊登出來了。」

安藤沒有說那篇報導就是自己寫的，目前還不適合惹怒他。

「依你的口氣，採取恐怖行動的目的，果然還是想修正少年法嗎？」安藤問道。

「竟然連這點都察覺了，那我就可以省略解說啦。」

灰谷謙壓低聲音笑了。「幫我忙。」

安藤和比津的推測似乎正確。

這樁爆炸恐怖行動的根本關鍵還是在少年法上。

「但是，我不懂。」安藤凝視著對方。「為什麼你會與此案有關？我看不出你為了修法而採取行動的動機。」

「喔，原來這部分什麼都不知道啊。」

嘲笑般的笑容讓人不悅。

但還是刻意中了他的挑釁看看吧，要是在這邊被看低了，說不定就沒辦法繼續談下去。

「如果你自己沒有動機——那你就是被雇用的了？」

灰谷謙傲慢地說「正確答案」。

他的態度看起來就像是各種層面都瞧不起大人一般。

「告訴我詳情，畢竟你希望我們幫忙對吧？」

「別太得意忘形。」

灰谷謙一腳踹開鐵桶。

裡面似乎是空的，只有聲響傳遍了工廠內。

「你別問我雇主是誰喔？我沒見過對方，只有透過電話講過一次話而已。」

灰谷謙一口氣說道。

「大約一年還是一年半之前吧，我跟一個專門學校的女人同居，偶爾打些按日計酬的零工，渾渾噩噩地過著日子。當女人要我付房租，我正覺得煩躁的時候，一通電話突然打進來，對方是個男人，知道我的所有過去。因為他說有錢可賺，所以我就去跟他見面，然後一個說是他部下的人挖角我。我做出他們指定的東西，當場就賺到了一萬塊，比按日計酬的零工還好賺，於是我就繼續做，之後還增加了酬勞。做了幾次之後，他們告訴了我爆炸恐怖行動計畫，我覺得聽起來不壞，反正我沒工作，也沒什麼好失去的了。而且如果我是執行犯，出獄之後還可以領他們的事成報酬過生活。」

灰谷謙又踹了鐵桶一下。

「就這樣，別問我無聊的問題啊。」

他從原本工作的超市失蹤之後，看樣子是跑去女人家裡賴著，過著悽慘的生活。即使現在的雇主沒有找上他，想必他也會以罪犯預備軍的身分過活吧。

「你居然被這麼可疑的說詞釣上了？」荒川詢問。

灰谷謙沒有回答他。

他不說話，只是覺得很無聊似地持續凝視地面。

荒川繼續追問：

「你應該途中就發現自己被當成爆炸恐怖行動的一分子，不，主嫌了吧？」

灰谷謙也沒有回答這個問題，繼續沉默地瞪著地面。

「你還殺不夠人嗎？」

荒川拉大聲量。

灰谷謙臉上的表情沒有變化。

「你難道不想要更生嗎？」荒川大聲說。

「吵死了，我不是說過別問無聊的問題嗎？」

灰谷謙重重踹了鐵桶，鐵桶倒下後在地面滾動，順勢撞到牆壁後才停下。

荒川抽了一口氣。

灰谷謙口沫橫飛地說道：

「因為我的功勞，你們重罰派的願望就可以實現，這可是前所未有的十七歲少年引發的爆炸恐怖行動，少年法一定會往重罰方向修正，少給我在那邊五四三。」

荒川臉上的表情愈發嚴肅，他緊緊咬著牙。

這回連安藤都沒有勸誡荒川。

荒川的憤怒很合理，灰谷謙似乎完全沒有罪惡感可言。

灰谷謙露出輕佻的笑容。

荒川整張臉火紅得像是燃燒起來一樣。

「你說得或許沒錯，法律是該要修正，即使殺了人也沒有絲毫反省的傢伙不需要人權。」

灰谷謙滿足地說：

「所以，我要實現你們這個願望啊。」灰谷謙露齒而笑。「反正都跟我無關。」

安藤捏緊了拳頭，這是他一直面對的問題。

真的需要保護管束嗎？

他在理智上能理解，對國家來說，只要罪犯是少年，就有實施矯正教育的義務存在。社會必須守護他們、支援他們更生，若沒有這麼做，加害者只會再次危害社會，產生新的受害者。

但難道連這種貨色都要送去更生嗎？

「你已經爛到骨子裡了。」荒川道。

荒川似乎也抱持著跟安藤一樣的衝動。

他煩躁地說出「根本沒救了」這番話。

「沒救了？」灰谷謙出聲。「你能體會我的恐懼嗎！不管我想要認真工作、想要好好交朋友或女友，只要被週刊雜誌報導出來，就會體認到不管我做什麼都沒用！既然做什麼都沒意義，那還不如一早投入犯罪賺飽錢比較划算啊！」

「還不是你自作自受，不要說這麼天真的話！」

「至少我的雇主需要我，他說了我需要你，你們根本無法理解這對我來說有多麼可貴。」

灰谷謙以有些陶醉的聲音說道。

安藤認知到再爭論下去也沒有意義而放棄了，不管說什麼這個人都聽不進去吧。

他用寶特瓶敲了一下鐵桶側面。

清脆的聲音響起。

灰谷謙和荒川同時看向安藤。

「夠了，閉嘴。」

安藤丟掉手中的寶特瓶。

「多虧了你，我總算確定了這場恐怖行動的所有面貌。」

接著大嘆了一口氣。

眼前這個男人那徹底放棄的態度就是提示。

如果按順序拆解情報，應當會得出可以接受的結論。

「我說灰谷謙啊，可以問你一件事嗎？」

安藤說道。

「渡邊篤人跟爆炸恐怖行動沒有關係吧？」

甚至該說——他是介入者。

身邊的荒川「咦」了一聲。

灰谷謙的肩膀顫了一下，持續瞪著安藤。

看樣子是對了。

安藤差點忍不住笑了出來，不是因為他覺得悔恨的灰谷謙表情很好笑，而是嘲笑至今自己都被愚蠢的誤會耍著玩。

他一直誤解了。

說起來爆炸恐怖行動的主謀就不是渡邊篤人。

「你的雇主的計畫很單純，讓一位十七歲少年自製炸彈，並利用這炸彈造成兩人以上的死者出現。原本該判處死刑的加害者因為只有十七歲，所以不會判處死刑，導致輿論出現強烈批判聲浪，足夠充分讓少年法往重罰方向修正了。」

每當兇惡犯案出現，少年法便會進行修正。

十七歲少年利用自製炸藥引發恐怖行動，只要讓炸藥在平日擁擠的新宿車站月台爆炸，毫無疑問會出現死者吧。而且該少年還是再犯，足夠成為提出修法議論的契機了——理應如此。

「但是失敗了，因為渡邊篤人發出爆炸預告，所以電車停駛。」

這是毫無先例的露臉犯案預告，讓人潮離開車站避難去了。炸彈在幾乎沒有人的月台發揮效用，原本應出現的死者也沒有出現。

這是透過灰谷謙的證詞得以確認的事項。灰谷謙一次也沒有提過渡邊篤人這個名字，灰谷謙和渡邊篤人之間沒有合作關係。

渡邊篤人並未認同殺人恐怖行動這樣的做法。

那個少年不可能跟灰谷謙這樣的壞人合作。

「著急的你於是採取了下一步行動，就是硫化氫恐怖行動，應該是讓同居女性去放置的吧。但，這一招也以失敗告終，因為渡邊篤人發出了第二次爆炸預告的關係，警官在月台上戒備，所有乘客也都警戒著車廂內的狀況。在這種情況下，不可能在放置可疑物品後順利逃走。」

安藤露出笑容。

「你的計畫就這樣一一被渡邊篤人給破壞了。」

安藤無法想像雇主與灰谷謙之間定下了怎樣的契約。

但從灰谷謙急迫的態度看來，他應該拿了一筆不小的事成報酬。

然而灰谷謙卻慘敗了，沒有人員死亡的恐怖行動。要拿這個案子來進行少年法的修法議論，力道實在太過薄弱。

灰谷謙猛揍了鐵捲門一拳。

「吵死了！」灰谷謙吶喊。「計畫應該很完善啊！」

或許他被難以忍受的怒氣驅策，只見他的嘴唇微微顫抖著。

「到底是從哪裡洩漏出去的！到底是誰把情報告訴渡邊篤人啊！只要沒有這個問題，我現在就已經收下了事成報酬，而且可以去自首了！我只差一步就可以讓人生重新來過啊！」

灰谷謙瞪向安藤。

「你也屬於重罰派吧？那就來幫我！做點什麼啊！」

他應該就是基於這樣的想法才回覆郵件的吧。

看來已經被逼急了。

他和雇主計畫的恐怖行動，被一個十五歲少年毀了。

安藤就是看穿他窮途末路，才祭出要幫助他的誘餌與他聯絡。安藤知道灰谷謙毫無疑問會想辦法抓住任何可能性而回覆。

安藤於是說出自己的本意。

「確實，我屬於重罰派，但我完全不想幫你。」

大概是因為期待遭到背叛了吧。

灰谷謙怒吼，再次握住蝴蝶刀，朝安藤衝了過來。他已經徹底不顧一切地想要捅人。

小刀在刺中安藤之前停下。

荒川熊抱似地擒住灰谷謙的手臂，接著順勢一拐灰谷謙的腳，使出一記漂亮的腰車。

灰谷謙的背部直接摔在地上，凶器脫手，荒川毫不客氣地壓制住了掙扎的灰谷謙。

安藤迅速回收小刀，然後立刻上前綑綁住灰谷謙。他用束帶綑綁，這樣灰谷謙應該無法自力逃脫。

因為有荒川使勁壓制的關係，安藤很快讓灰谷謙束手就範。束帶完全固定了他的雙手雙腳。

「荒川，多謝你了。」

「真是危險呢。」荒川呼了一口氣。「我們直接把這傢伙交給警察吧。」

雖然為了保險起見穿了防砍背心，但如果刺中的部位不對，還是有可能造成重傷。

這時候安藤第一次覺得帶荒川來真是做對了。

「雖然確實如你所說，我也很想在警署大肆宣傳荒川你的英勇事蹟，但我們晚一點再通報警察。」

安藤這麼說明之後，荒川高聲說道：

「你該不會想要藏匿這個罪犯吧？」

「你帶著錄音檔回公司，接下來的我一個人處理。」

這很難說是善良的行動，安藤打算一個人擔起責任。

荒川一副無法接受般地主張：

「事情真相已經揭露了吧？篤人小弟是為了防止恐怖行動才進行爆炸預告，調查已經很充分了不是嗎？」

安藤搖搖頭。

「不，渡邊篤人不自首的理由仍是不明。」

如果只是想阻止恐怖行動，他沒必要到了現在這個時候還潛伏著。

應該、應該還有些什麼——

安藤接近在地面趴著蠕動，想盡辦法想逃脫的灰谷謙。

伸手摸索了他的口袋，摸出一台智慧型手機。

「我還想跟某個對象談談，就是把灰谷謙的計畫洩漏給渡邊篤人的人物。那傢伙應該知道渡邊篤人的真相。」

灰谷謙默默地瞪了過來。

或許他心裡也有數。

安藤把智慧型手機遞給荒川，指示他在離這邊有段距離的地方打開手機電源，並且要他告知某號人物的聯絡方式。至於若被警察追問起持有灰谷謙手機一事時的藉口，就交給荒川去編了。

荒川似乎有些猶豫，直直凝視著安藤。但他似乎很快下定了決心，低頭跟安藤示意過之後，馬上跑開了。

安藤只是閉著眼睛持續等待。

在與灰谷謙爭執的時候，事態往出乎意料的方向發展。收留渡邊篤人的設施代表召開了記者會。

安藤覺得這來得太早了，事件的全貌還未明朗啊。

安藤透過影片網站確認狀況。

一位中老年男性被無數的採訪記者包圍，不斷低頭賠罪。他的臉色蒼白得有如死人一般。

安藤立刻理解應該是無法承受社會的批判吧。媒體已經掌握渡邊篤人生活的設施，應該都在設施周圍盯哨，將之拖到眾目睽睽之下。

代表訴說的，是渡邊篤人在設施內的狀況。

記者團毫不留情地拋出問題。『有沒有覺得他很難管教？』、『是不是該多多關懷一下少年的孤獨感？』、『沒能察覺犯罪的徵兆嗎？』

無論面對哪個問題，他都是冒著一頭大汗，回答得有點牛頭不對馬嘴。每當他開始說話，周遭就開始喧鬧，而不是繼續提問。攝影機只有拍攝到設施代表，看不到在一旁喧鬧的人們臉孔。

隨著問題重複，代表終於流下淚水。

應該是真的承受不住了吧，只見他以強硬的口氣說道：

『怎麼可能想得到有一天罪犯突然出現在自己身邊呢？哪裡會有人平常沒事會想到這種事呢？』

媒體一同騷動起來，十幾個人同時針對這發言拋出非難般的提問，記者會都變得不像記者會了。

主持人似乎也慌了，出言制止代表，並打算就此結束記者會。

最後，主持人詢問代表：『有沒有話想對逃亡中的少年說呢？』代表於是回答：

『篤人小弟，請你立刻出來自首，和我一起去跟受害者道歉吧。沒能察覺你的孤單，真的很對不起。』

代表背對仍想丟出問題的媒體離去。

影片到此結束。留言欄上滿是無心的罵聲，安藤看了幾十條「不負責任啊」的留言後，收起智慧型手機。

「果然，渡邊篤人也沒救了。」灰谷謙笑著說。

應該是聽到影片的聲音了吧。

灰谷謙笑著。

他大概是認為抵抗也沒用，所以沒有表現出想抵抗的態度。即使跟鄰近居民呼救，橫豎也是會報警後被逮捕吧。這個男人已經無計可施了。

但相對的會口出一些挑釁話語，應該是在垂死掙扎吧。

「無論這個大叔，還是渡邊篤人，應該一輩子都沒辦法出現在人前了。說不定現在已經回頭去自殺了呢。」

安藤沒有搭理他的笑鬧。

灰谷謙不是說教或批判會有用的對象。

「別人的生死你還講得真輕描淡寫。」安藤忽然問了出口。「三年前的那件事，你自己有什麼想法？」

灰谷謙瞪著安藤。

「你是說井口美智子？」

「原來你記得名字啊。」

真意外。世界上有些加害者甚至不記得受害者的名字。

「那件事我認為是我不好，這是真的。可是，在我被週刊雜誌報導出來之前，我是很認真地在超市工作，也交到了可以去留宿打遊戲的朋友，甚至有了願意跟我一起去水族館玩的女友。如果我能繼續那樣生活，我應該不會再度犯罪，不會跟過去的事情一直糾纏不清。」

「過去啊。」

安藤重複了灰谷謙的話。

對這個男人來說確實是過去的事情吧，但對安藤來說卻有如昨日一般。

「我不認為你順利更生了。」安藤搖搖頭。「你根本沒去受害者家道歉對吧？你妹妹和母親明明都去了，就只有你一次也沒去。」

「這不足以成為揭露個資的理由吧，結果我只能再度成為罪犯啊。」

「你還想轉嫁責任？即使一度失業，你還是有別條路可以走。而且就算沒有那篇報導，你還是會再次犯罪。」

「你能對渡邊篤人講一樣的話嗎？」灰谷謙有些輕蔑地笑了。「就因為我失業了，才導致渡邊篤人失去家人喔？」

這論調實在牽強，會讓人想笑說太可笑的程度。

但安藤卻吞回原本想說的話。

有些道理嗎？難道真的能說這之間沒有任何因果關係？

「只要沒有那篇報導，渡邊篤人的家人就還活著。」

灰谷謙喊道。

「寫出那篇報導的傢伙，難道以為自己是正義嗎？」

簡直就像看穿安藤內心般的發言。

這個人應該不知道寫出報導的就是安藤。

安藤為了不被他察覺動搖而閉嘴。這時，打開鐵捲門的聲音在工廠內響起。

將目光轉過去，看見一位少女站在那兒。

那是一位身穿灰色長大衣的纖細女孩。

「你就是安藤先生嗎？」她開口。「請問，你是什麼立場的人？看起來似乎與家兄對立。」

她就是灰谷梓了吧。

安藤以溫和的口氣說：「至少我很在意渡邊篤人的現況。」

灰谷梓放鬆肩膀，呼了口氣。

從她的態度看來，她似乎也對渡邊篤人抱持好意。

突然被一個不認識的人找來廢棄工廠，任誰都會警戒吧。這點安藤確實覺得抱歉。

「我沒太多時間，請妳立刻把能說的都告訴我。關於渡邊篤人，妳究竟知道多少？」

「我想，應該什麼都不知道。」

灰谷梓搖搖頭。「但是，他與恐怖行動之間的關係，我應該最能詳細說明。」

她靜靜地問道：

「你能夠幫助篤人嗎？」

「現在的渡邊篤人果然處於需要幫助的狀態啊。」

灰谷梓也認同。

「沒錯，請救救篤人。我是抱著求救的心態來到這裡。」

灰谷梓彷彿要說給安藤與灰谷謙聽一般娓娓道來。她也沒坐下，就那樣站著說起。

這是一段很長的故事。

是一位十五歲少年墮落為恐怖分子的故事。

8

我仰躺著，有人來幫我撐傘了。

雪停止落在我身上。

「篤人。」撐傘的人開口。「這樣下去你會死的。」

我取回將要失去的意識。

我緩緩回想狀況。

對了，我的復仇行動窒礙難行，我從灰谷謙老家逃了出來，之後在百花盛開的公園倒下。

我看了過去，梓就站在那兒。

她用折傘蓋住我的身體。

接著拍掉我身上的積雪，用小小的手拍了好幾次，撥開所有積雪。我為了躲開她的手而起身。

我不需要她幫助。

我不想灰谷謙的妹妹幫助我。

「我聽媽媽說了。」梓對我說。「你真的是哥哥造成的受害者？」

「是啊。」我回答。「你哥哥殺了我的家人。」

應該是全部聽母親說了吧。

我從長椅起身，積雪落下，身體冷到骨子裡了。如果不找個溫暖點的地方去，應該會感冒。

梓將我的包包拿來了，我立刻接過包包，穿上大衣。

我向梓道別，輕輕揮了揮手。

「不過妳放心，我不會再來見妳了。」

當我打算離去時，梓抓住了我的手臂。

這是怎樣？

我正打算甩開時，她說：「欸，能不能讓我幫你？」

我瞬間無法理解她說的「幫」是什麼意思。

梓的眼神認真，直直地看著我的眼眸。

「說不定我可以聯絡上哥哥，我知道他的信箱。但因為我發信給他他都不會回，所以我也不確定這個信箱他還有沒有在用就是。」

笑死人。

我早就從富田緋色那裡問到這種程度的聯絡方式了。

我用力甩開她的手臂。

「我不懂，妳為什麼想要幫我？」

她應該知道我拿菜刀威脅她的媽媽。雖然我對謙的家人沒有恨意，但我仍想親手捅死謙本人。

梓微微點頭。

「我沒辦法放下你不管。」

我差點爆笑出聲。

「什麼意思，妳以為自己撿到一條棄犬？」

這傢伙還沒理解狀況嗎？

這話聽起來甚至像是侮辱。

「我是不太想說啦，但妳覺得我很親和實在很可笑耶。從旁觀的角度來看，就是一個被霸凌的小孩跟一個偶然相遇的同年齡孩子熟識起來，然後覺得很開心而已。妳甚至不知道這一切都是我演出來的。」

「不是這樣。」

梓大聲了起來。

我沒有理她，因為她看起來就像是被說中了。

「受傷了嗎？不過我嚐到的痛楚遠遠超過妳。光是知道實夕死了，但灰谷謙的妹妹卻還活的好好的，對我來說就只有徒增壓力。」

這些話殘忍到連我自己都傻眼。

但這毫無疑問是我真正的想法。

梓一定無法想像，每次聽她述說快樂的學校生活時，我有多麼憤怒地顫抖著？

她現在也扭著一張臉，一副快哭出來的樣子。

我別過臉去，立刻離開。

梓很輕鬆地說要幫我。

我覺得根本亂七八糟，不可能這麼簡單就同意。

我走在雪中，整理自己與梓之間的關係。

受害者家族與加害者家族，我的妹妹死了，灰谷謙的妹妹還活著。

像這樣一一列舉之後，雖然是演技，但我都覺得我跟梓親近地交流的行為，讓我很想跟實夕賠罪。

我啟動智慧型手機ＡＰＰ，刪掉了梓的聯絡方式。

我失去了最後留下的聯絡對象。

我失去了尋找灰谷謙的線索、向灰谷謙家人報復的勇氣，也完全沒有同伴。

現在的我什麼都沒有。

抵達車站之後，梓等在那兒。

她在剪票口前盯梢，簡直就像守門人那樣。

「真纏人。」我嘀咕。離開這個小鎮的交通手段只有電車，這距離不是我可以徒步回去的。我沒地方可以逃了。

為什麼她比我先抵達車站呢？我瞬間思考著，答案只有一個。

打從一開始，她告訴我的就是繞遠路的走法，儘管我無法推理她為何這樣做。

我無可奈何地走近剪票口，她說道：

「請告訴我，要怎麼做你才肯原諒。」

我像是要趕走她那般揮揮手。

她沒有問到重點，這又不是小孩子吵架。

「這不是原不原諒的問題，如果妳覺得這樣不能接受，就被霸凌一輩子吧。」

我打算經過她身邊。

卻被她抓住了手臂。

「我不喜歡那樣。」

「為什麼？因為希望自己好嗎？」

我嘲弄似地笑給她看。

即使我這樣拋出露骨的惡劣話語，梓依然不動聲色，只是緊緊抿著嘴唇。

「我一直認為那樣是對的，因為我們是加害者的家人所以不能幸福，只能一直承受霸凌。但即使這樣做，也沒能幫助井口小姐的家人和篤人什麼，這只是一種自我滿足。」

梓放開我的手臂，低頭致歉。

「對不起，我沒有察覺你的痛苦。」

我沒辦法馬上反駁她的說詞。

我心裡確實有希望加害者家人不幸的情緒，但就算她們真的陷入不幸，對我的人生又有什麼意義呢？我看著梓，心裡這樣想。

但我還是搞不清楚。

她為什麼說想幫助我。

我以挑釁般的口氣說道：

「怎麼，妳該不會迷上我了吧？」

「是啊。」

她乾脆地承認了。

「不過剛剛失戀了就是了。」

真是出乎意料的話。

不過，我總覺得自己好像能夠接受。

「……這樣啊。」

我說道。

「如果是這樣，我還真做了很過分的事呢……」

這超出了我的計算。

我原本只打算把她當成普通朋友對待，但在她心中似乎不是如此，她把我當成異性看待。以我們的年紀來看，或許甚至可以說這樣比較理所當然吧。

我不僅欺騙了她，甚至利用了她的愛慕之情，加以踐踏。

「雖然我這樣說有點那個。」梓開口。「篤人你確實做了相當過分的事情喔，對我來說這可是初戀。當同班同學請我喝飲料，等我回過神來發現皮夾被偷走，一個人孤伶伶快要哭出來的時候，是你來找我搭話。跟你講電話的時候，是我人生最美妙的時刻。」

但是，我卻因為太利己的理由背叛了她。

若我一開始就開誠布公，她或許有可能協助我——

她眼中噙著淚水哭訴著：

「即使如此，篤人仍是我哥哥的受害者，是我曾經喜歡上的對象。所以我才說，我想幫助你。」

她為了要說出這些，究竟苦惱了多久呢。

我無法立刻回覆。

正如我有我的故事那般，她也有她的故事。

無論怎樣辯解，都不改我欺騙且利用了純真、孤獨少女的事實。

我深深吸了一口氣。

或許是因為愧疚的關係，我於是很自然地接納了她的提議。

比起跨越許多糾葛靠近過來的她，我覺得只是一股腦丟出激情的我很幼稚。

「……我想見灰谷謙，想知道我家人被殺害的真相。我無法保證在特殊情況下我會做些什麼，如果妳覺得這樣也沒關係，我希望妳能幫我。」

我這麼說，她輕輕點了點頭。

「還有……」我嘀咕。「對不起，對妳說了些很惡劣的話。」

這是一點點向前的和解。

於是我和梓就這樣，成了彼此協助的關係。

我們的交流從最壞的狀況開始。

即使如此我仍跟梓在一起，是因為抱著或許可以見到灰谷謙的一縷希望；梓之所以幫助我，是為了幫家人犯下的過錯贖罪吧。

雖然我們基於這樣的情感勉強聯繫著，仍不改關係險惡的事實。

我恨她哥哥。

梓則因為自己的感情被玩弄而有所怨懟。

我們的關係當然不可能好，總是吵架。

而且那不是像朋友或情侶那樣，以恢復感情為前提的吵。我是真心怒罵梓，梓也會拚命辯解，甚至發生過我無法反駁她而逃走的狀況。

我沒辦法全面信任梓，她所說的有可能全部都是謊話。她可能其實知道灰谷謙在哪裡，只是瞞著我而已。

所以我跟梓說：「希望妳能讓我看看妳的日記。」

當時，我在她家跟她碰面，我們自然而然就決定都是在她家碰面。

梓搖搖頭否定我的提案。

「對不起，我不能讓你看。」

「可以問原因嗎？」

「因為我幾乎每天都寫了抱怨和憤恨……我認為裡面的內容只會讓你看了不舒服。因為有可能在某些地方吐露了加害者這方的傲慢真心話。」

梓很痛苦地垂下了眼。

但我沒有退讓。

「如果妳無論如何都不想讓我看，那我不勉強。但是我想追查到灰谷謙的去向，所以想親眼確認日記裡面是否有寫到相關情報。」

我有自覺這種說法非常卑鄙，知道這樣她就無法拒絕。

後來，梓嘀咕了一句「我知道了」之後，拿了一疊厚厚的筆記過來。

我確認起她的日記。

她的筆跡有力而工整，寫下的內容全是抱怨，鉅細靡遺地記錄下了她實際遭受的霸凌內容。

可以明白得知，她過了一段很苦、很難受的日子。

然而，寫在日記之中的不只這些記述。

為什麼我非得承受這種遭遇。

今天課本又被撕了，連續一星期。

錯的都是哥哥，為什麼連我都要被潑水？

默默承受，因為是我家人不對，不過我要承受到什麼時候？

這些映入眼簾的瞬間，一股有如火熱岩漿的情感從我心中噴發。我無法抑制衝動，只能把我腦中浮現的感情直接發洩出來。

——明明是殺人犯的妹妹，別裝得一副受害者的可憐樣。

——被潑了點水算什麼，妳哥哥做了更過分的事情啊。

梓只是默默地聽著我說出口的話。

她拳頭放在膝蓋上，只是一直聽我說。不過我沒有停，在吐完激情之前只能一直說下去。

我不知道過了多久時間，我才向她道歉。

「……確實如妳所說。」發洩完之後，剩下的只有空虛的情感。「我不該讀這些日記，對不起。」

「你不用道歉。」梓小聲嘀咕。

她軟弱的聲音讓我體會到她對我的謝罪與顧慮之情，然而她臉上的表情卻明顯浮現了受傷的悲傷。

我一時之間無法忍受自己帶來的尷尬。
這樣的爭執是稀鬆平常。
我和梓之間有著無法填補的鴻溝。

但是，我和梓的關係在某次聊天之後開始改變。
是我們在討論要怎麼見到灰谷謙的時候。
對話充滿火花，無法看出將來方向的議論令我頭痛了起來。一定是因為這樣想換個話題吧。
梓對我身上的東西產生疑問。
「你一直帶在身上的那個，該不會是妹妹的？」
梓指了指我的口袋，雪花蓮卡片露了出來。
我為了不讓它掉落而將之推回口袋裡面。
「我之前有說過吧？是妹妹在我生日的時候送給我的花，因為枯萎了，所以我把它壓成卡片。」

「……為什麼枯萎了呢？」

「應該是天氣變熱那時候吧，雖然我都有澆水施肥，但花還是漸漸變得沒有精神。」

我甚至幫花換了土，還將之移到陽光充足的地方。這是妹妹最後送給我的禮物，我當然想盡可能好好愛惜，但我的願望沒有實現，花全部枯萎了。

我說明之後，梓發出了「嗯？」的狐疑聲音。

她急忙探出身子。

「篤人，那是休眠。雪花蓮屬於球根植物，每年都會枯萎的。」

我歪了歪頭。

完全聽不懂。我從小學種牽牛花之後就再也沒有種過花。「跟會留下種子的品種不一樣嗎？」

「完全不同。現在那株雪花蓮怎麼了？」

「我不忍心丟掉，所以就放在設施的庭院裡面。」

梓睜大了眼睛僵住。

簡直像是看到了什麼不可置信的東西一樣。

「哎啊。」她說道。「那株雪花蓮還有可能會再開花喔。」

「咦？是這樣嗎？」

「不過如果沒有照顧，可能還是會枯萎，主要還是要看球根的狀況。如果是放在庭院裡面，有灌溉到雨水或許沒有問題……」

「這個嘛……我不太有自信。」

「總之你回去之後拍張照給我，我會幫你看看。」

妹妹送我的雪花蓮有機會復活。

實夕的遺物——那對我來說，是跟灰谷謙的存在同樣重要的事物。

從那天起，我們每天都會聯絡彼此。

對話大部分都跟雪花蓮有關。

缺水的球根在外行人眼裡看來也很明顯地萎縮，但仍冒出了小小新芽，還沒有完全枯萎。

梓很細心地教導我怎麼做，從正確的選土方式到適合雪花蓮使用的肥料為止。她提供正確的情報給完全沒有園藝相關知識的我。

我遵循她的指點做，雪花蓮的球根於是一點點恢復朝氣。而從那之後，我和梓之間也漸漸地會聊起其他話題。當我回過神後，與她之間的對話已經成了一種習慣。

「莖長得挺長的，或許真的會開花呢。」

比方，我這樣跟她報告花的現況，梓就會告訴我「那麼暫時可以放心了，應該不用再澆太多水了」。當她說出如果土壤結凍或者出現霜柱之類的相關詳細知識時，話題就會轉到她從哪裡得知這些知識上，接著又自然聊到與學校生活和興趣有關的話題。我會分享一些函授學校上課有趣的部分，還有比方明明不知道對方長相，卻多認識了一些人的狀況等等。梓也會說一些關於考高中和教室內發生的事情。

說起來，欺騙梓的那段時間，我倆之間也不缺話題。一定是因為原本興趣和喜好就接近的關係吧。

我和梓之間毫無疑問有一條深深的鴻溝。

那是一條無法輕鬆填補的鴻溝。但是，我倆就像站在鴻溝兩端呼喊彼此那樣，漸漸增加了對話量。

去了梓家之後會到公園散步，已經變成了不成文的習慣。
我們去的是她推薦的，有點燈照亮花圃的那座公園。雖然每天所看到的景象幾乎沒有變化，但我們自然而然地就會過去。
梓會說些有關花卉的事，我則默默聽她說。
途中，我們確認了雪花蓮花圃，花還沒開，在積雪下等待春天造訪。我們為了看雪花蓮而坐在長椅上。
有一次，梓在這座公園問我：「關於未來，你有什麼想法？」
我問她為什麼這樣問，她用一句「因為雪花蓮是希望之花啊」回答。「所以，我想說聊一點明朗將來的話題。」
「希望？妳之前不是才鬼扯過說是象徵死亡什麼的嗎？」
「怎麼說鬼扯……」梓一副才不是這樣的態度嘆了一口氣。「我之前就覺得了，沒有假裝的篤人你相當惡毒耶。最初相遇時的你更溫柔和善啊。」
「我本來就是這種感覺。」
「讓你對實夕送你的禮物抱持奇怪印象這點我道歉，總之，我想聊些有希望的話題。」

「充滿希望的將來嗎？」

這還真殘酷，我因為憂鬱而嘆氣。

我實在沒辦法以積極正向的態度，面對只有我能走在實夕已經失去的將來一事上。

「梓有什麼想法呢？」我就這樣回問。

她搖了搖頭。

「現在我什麼都沒辦法想，只能被哥哥犯下的罪玩弄著求生。」

「明明是妳提議的，結果妳卻沒點子啊。」

「又在惡毒了。所以你呢？」

「……我無法想像未來的事。」

這麼回答後，梓挖苦我說：「你不也一樣。」

我跟梓同樣說了「什麼都沒辦法想」這般話。

騙人的。

其實我已經決定了，我早就覺悟好了。

罪過就要給予相應懲罰。

捅死灰谷謙之後，我自己也死亡——我的未來已經決定好了。

不知道我這般想法的梓，開心地說道：

「如果有一天能一起聊聊就好了。等到哪天事情告一個段落，我們再慢慢聊吧。」

梓作夢般地說道。

屆時一定會選在這張長椅上聊吧。

在綻放的雪花蓮之前，我們一臉清爽地談論關於將來的事。

我低聲說了句「是啊」，「這就是世間所謂的幸福吧。」

這是我下意識之中脫口而出的話。

究竟這是謊言，還是真心話呢？自己也不得而知。

「那就說定了。」梓微笑著。「讓我們一起走到幸福的場所吧。」

我被她的氣勢壓制，只能曖昧地點頭。

不知為何，我沒有要抗拒的想法。

⋯

從那天之後，我變成會抱持一些沒有希望實現的夢想。

我與梓和灰谷謙見面，從他口中聽到能令我接受的說明，並接受了他的謝罪與反省。雖然我覺得我不能原諒他，但我總有一天能克服憤怒。或者是在梓的家人所能做出的最大讓步的前提下，執行報復。讓灰谷謙再次於父母監督下執行更生，結束復仇的我與成功讓哥哥更生的梓，這下總算能變成普通朋友。我不會死，還能和梓一起談論將來。

但我的理性當下吶喊，這不可能。為什麼我非得跟加害者的妹妹當朋友不可啊？

然而，這是絕對不會忘記的想法。一旦放鬆下來，就會忽地閃過腦海的非現實夢想。

只不過——我的妄想打從根本就錯了。

因為我們見到灰谷謙之後，被重重地打下了地獄。

・・・

從結論來說，我們成功聯絡上了灰谷謙。

我們利用梓的信箱持續發郵件給灰谷謙。

發出去的都是些類似『有奇怪的男人在家附近亂繞』、『他威脅說他知道富田緋色的真相』、『想直接見面講清楚』的瞎掰內容。

而我們收到了針對這郵件的回覆。

十二月下旬，梓與灰谷謙再次見面了。

灰谷謙拒絕與母親見面，應該是覺得愧疚吧。

兄妹睽違了一年半，約在新宿附近的KTV碰面了。

梓把自己的智慧型手機開成通話狀態，我在隔壁包廂竊聽他們的對話。

接著我抓準時機闖進他倆所待的包廂，主要是為了聽灰谷謙說出事情真相。甚至視情況，我會拿出菜刀威脅——

原本的計畫是這樣。

但灰谷謙開口的瞬間，事態出現大轉變。

『梓，我打算炸掉新宿車站。』

灰谷謙單方面說道。

自己打算引發爆炸恐怖行動。

就算要入獄，也不會被判處死刑。
這是能夠修正少年法的恐怖行動。
渡邊篤人的家人因為有可能暴露這項計畫，所以必須加以殺害。
報酬保管在只有他知道的地方，等出獄之後就可以自由使用。
總有一天，利用那筆錢悠然自在地生活著的將來等著他。
『雖然會給妳和媽造成困擾，但請妳們忍耐，因為我們一家人可以一起生活的日子總有一天會到來。』灰谷謙這樣對梓說。
這實在太扯了，荒誕無稽。
如果是灰谷謙以外的人說出這些，只會被一笑置之吧。
可是我不認為這是開玩笑，他真的打算執行爆炸恐怖行動。
現在根本不是我要直接跟他對質的時候。

．．．

沒錯，我們什麼都沒有理解。

我的家人之所以被牽連，只是一項更龐大計劃的一環罷了。

・・・

灰谷謙離開後，梓立刻打電話報警，把灰谷謙的計畫全盤告知接聽電話的職員。

一開始，對方還很仔細地聽梓說。

但途中聲音開始出現懷疑態度，後續的應對已經混入了傻眼和覺得麻煩的感覺了。

對方沒有相信梓所說的。

冷靜下來想想，對方的應對也是合理。本來就已經是難以置信的內容了，而且報案的又只是個十五歲的孩子，就算想做筆錄，不僅目前不知道灰谷謙的住處，也沒有其他線索，甚至不知道犯案日期，這樣警察不可能採取行動。我應該要先跟蹤灰谷謙，確認他現在的住處是哪裡才對。結果，報案電話在沒辦法讓對方採信的情況下結束。

對方可能以為這是惡作劇電話。

若想要警方有所動作，目前的情報太少了，無法指望。

只能靠自己的雙手再次找出灰谷謙。

我們在新宿車站周圍徬徨了整整一星期。沒去學校上課，只是專注在東京內徘徊。灰谷謙居住在新宿附近——我們知道的情報只有這樣。他有可能住在神奈川，也可能在埼玉。

任誰都能理解這是不可能的任務。

不過，我們不能停下腳步。

渺小的正義感驅策著身體。

會有人死——會出現跟我體會同樣痛苦的人。

我不是因為理性，而是基於本能體悟。

他打算引發不該發生的事情。

光是想到這樣的未來，就足以讓我在回過神時採取了行動。

「篤人可以不用繼續追查了。」年末時，梓這樣告訴我。

世間都沉浸在除夕夜的氣氛之中，只有我們為了搜查恐怖分子東奔西走。

正當我們俯視著在新宿車站來來往往的人群時，梓這麼說道。

「什麼意思？」我這麼問。「就是字面上的意思。」她回答。

梓微笑著，有如在慶祝什麼一般。

「因為篤人的願望都實現了，對吧？」

願望？

在這樣的狀況下，有什麼實現了？

「你仔細想想，因為那將是相當大規模的恐怖行動喔？哥哥會被關進監獄，我們一家人會被媒體追著跑，奪走你家人的加害者家人全都要走上悲慘的末路，甚至連你痛恨的少年法都一定會以此一案件為契機有所改變。你看，你所有的願望都會實現喔。」

「不，我的願望是——」

我一時語塞，不知道自己究竟想說什麼。

我找不到正確答案，現在我的願望是什麼？

梓說得沒錯，我阻止恐怖行動的動機是什麼？因為不想害死完全不認識的某人嗎？

我突然覺醒了這種英雄般的衝動嗎？

不需要犯下任何罪，就能完成復仇——

我不需要失去任何事物，便能實現所有願望——

「如果是之前的你，這是你所樂見的結果吧？你只要當作跟我相遇後發生的這一切，都沒有發生過就可以了。」

「……不會變成沒有發生過吧。」

「我知道。」梓究竟覺得哪裡好笑呢？她笑著說。「可是篤人真的沒有必要跟著我一起尋找哥哥，畢竟沒理由啊。如果被什麼人記住了長相，你很有可能被當成我們家人的伙伴耶。」

梓邁出腳步。「那麼。」她揮了揮手。「再見。」

我沒辦法立刻追上去。

感覺先離去的梓背影是那麼的嬌小。我明明很想叫住她，卻只能發出沙啞的氣息。

梓沒有回頭，持續往前走。

結果，我無法追上去。

等我回過神，我回到了一如往常的地方。

我們一家人過去居住的家所在的那塊地。那個被樹木圍繞，能夠遮蔽一切光芒的庭院一隅。

太陽已經下山，在甚至可算是漆黑一片的黑暗之中，我陷入沉思。

這時，我看了一個紀錄片節目。

那是我在網路搜尋「加害者家族」後，找到的影片。

那是一段述說兇殘案件加害者家族的故事。犯下殺傷案件的男人有個妹妹，她在案發之後，被媒體追著跑，持續輾轉更換職場與住處，好不容易找到一份工作，也跟一位男性墜入愛河，卻因為被對方家人知道是兇惡罪犯的妹妹而反對結婚，兩人於是交惡，最終分手。後來她甚至想過要自殺。

加害者的妹妹以悲痛的聲音哭訴：

『加害者被關在監獄裡面，受到保護。但加害者的家人卻得一直在社會裡持續遭到白眼。』

我突然把那位女性跟梓的臉重疊了。那就是在灰谷謙被逮捕之後，被無數記者包圍的梓的模樣。

這集紀錄片節目的最後，加害者妹妹終究選擇了自殺。片尾播放了一段感傷的音樂後，影片結束。

這就是我所期望的結局嗎？

真的嗎？

就像想要壓碎這般疑問，無數「聲音」再次迴盪。

『不要原諒加害者！家人一定也都不是些好東西，統統拖出來吊死。』

一直支持著我的話語。

兩種幻聽持續在腦中迴盪。

下定決心的時刻漸漸逼近。

我必須自己選擇自身幸福，以及自己能接受的結果。

只不過，一旦確定了方針，我就能夠很快做出決定。

這點是我唯一自豪的部分。

持續行動。

要連再也無法動的妹妹的份一起。

我煩惱了幾天之後，向梓提出一項簡單提議。

發一封內容如下的郵件給灰谷謙。

『我有很多朋友在東京，所以一定要告訴我執行爆炸的日子。如果信不過我，執行前夕再告訴我也沒關係。』

梓似乎不太能接受。

「最後這兩段話不必要吧？執行前夕知道了有什麼用嗎？應該什麼都做不了吧？」

「如果跟警察商量，說不定會採取行動吧。」

「讓新宿車站所有路線的電車停駛，並且驅散人群避難嗎？只靠我們的證詞就做到這樣？」

她一副這不可能的態度。

老實說，我也有同感。

無論是世界上多麼優秀的警察，我都不認為會願意聽只有十五歲的我們提供的證據。儘管可能去檢查車站裡面是否有可疑物品，但完全無法想像他們會驅散人群到什麼程度。畢竟新宿車站裡面可是能容納上萬人。

用普通的方法絕對不可能——

我腦中有一項計畫，但我沒有告訴梓。

梓嘀咕了一句：「不過，還是把能做的都做了比較好吧。」之後，發出了郵件。「畢竟能事先發現很重要，我會繼續搜索哥哥。如果找到他，即使要揍扁他也會抓住他。」

她消失在新宿的街道。

不過，應該不可能發現吧。即使我們這樣努力行動也只是徒然，灰谷謙一定會讓爆炸行動成功。

他甚至沒想過在那之後，自己的家人會有什麼遭遇。

一月初，我約梓去掃墓。

雖然她想盡可能把時間拿去找哥哥，但因為我強力勸說，所以她答應了。就算繼續這樣在鎮上尋找，能發現灰谷謙的希望也很薄弱。在那之前，她應該會先累倒吧。

梓因為睡眠不足加上疲勞累積，看起來消瘦了不少。她說她因為太不安而睡不好，所以我也想說找個風景優美的地方陪她散散心。

「這樣好嗎？」途中，她開口說。「我總覺得受害者家人不會接受加害者家人前去掃墓。」

她這麼一說，我才察覺。

如果對象是灰谷謙或富田緋色，我一定不能接受吧。

掃墓當天是個大晴天，無雲的晴空遼闊寬廣。

我對著墓碑說明梓的身分，因為是介紹我想復仇對象的妹妹，所以沉睡在墓碑之下的家人可能會很傻眼，或者怒不可遏吧。

梓始終只是默默地雙手合十，只有她知道她心裡想些什麼。但看著她跪在地上，挺直背脊的模樣，我已經不會覺得不愉快了。

我對她說：「我有件事情想告訴妳。」

「什麼事？」她反問我。

我摸了摸墓碑。

家人究竟會怎麼看待我接下來要說出口的話呢。

「當我失去家人，陷入悲傷谷底時，有一些『聲音』支持著我。富田緋色犯下的縱火案被寫成報導，有很多人在底下留言，說少年法的判決太輕了，應該要把加害者的家人也關進監獄，不要原諒被少年法保護的加害者等等。這些留言我看了很開心，因為像是替我訴說了我的心情。我覺得我是以這些『聲音』為依靠，才能持續行動至今。」

仔細想想，我是被那些「聲音」操控了行動也說不定。

「不過我覺得這些『聲音』有著另一面。」

我繼續說。

「相信『少年法的判決都很輕』這項情報的富田緋色，抱持著輕鬆的情緒放火了。『懲罰加害者家人』的聲音把梓妳們逼上絕路，強行拆散了灰谷謙與他的家人。『不要原諒加害者』這樣的聲音致使憎恨灰谷謙的人隨著週刊雜誌揭露的情報，毀了灰谷謙的生活，讓他更遠離了更生之路。」

當然，這些解讀都是事後諸葛。

無關乎周遭的情報，富田緋色可能仍會犯罪。即使與家人同住，沒有被週刊揭露，灰谷謙可能還是無法更生成功。

這只是一種可能性。

而且只要有一點點不同，實夕可能還能活著——想到這裡的瞬間，我心中有些什麼毀壞了。

「如果沒有這些擅自散播扭曲過後的消息，毫無責任地追殺加害者的『聲音』，實夕可能就不會死——這樣的想法在我腦中揮之不去。我真正該恨的，或許其實是那些『聲音』吧。」

梓出聲道。「篤人，那些是針對謙和富田緋色的。」

「我知道，我沒有要維護他們。」

我打斷梓的聲音，繼續說道：

「他們是壞人的事實不會改變，憎恨他們的聲音支持著我，所以才很尷尬啊！才很糾葛啊！不過，有件事情我很確定。」

我邊撫著墓碑說道：

「我無法原諒這場恐怖行動。」

問題不在於這跟與我有無利害關係。

而是它有沒有違反我的信念。

「灰谷謙的雇主，想利用這些『聲音』修改法律，引發重大案件煽動輿論，並強行扭曲法律——這樣絕對不對，我怎麼可以認同害死我家人的案件，最終是這樣可笑的結果！」

我說道。

「梓，我要對抗這場恐怖行動，我只是想告訴妳這個。」

來掃墓是為了表明決心。

為了讓我不要在途中因為膽小而逃避，我必須來到家人面前發誓。

梓似乎沒能立刻理解，一直眨眼。

我們互相凝視了對方一會兒。

「欸，篤人。」後來，梓看向我的手。「你的手指在顫抖。」

我看著自己撫著墓碑的手，不禁苦笑。手很沒出息地、下意識地顫抖著。指甲和花崗岩碰撞，發出聲音。

我鼓起只有一點點的勇氣。

「我只是有點害怕，沒事的。」我笑著說道。

「你在怕什麼？」

梓高聲說道：「你到底想做什麼？」

我沒有回答她的問題，因為她一定會反對。

我有自覺即將採取的行動很可笑，而正在顫抖的指尖證明了這點。

然而，我仍下定了決心向前。

我告訴自己，這是最好的做法。

我想阻止那雇主的計畫，想守護梓。要達成這些，灰谷謙的恐怖行動就不能出現死者。要盡可能減低死者出現的機率，就必須盡量更迅速地，且讓更多人順利避難。只是報警還不夠，必須採取造成更大影響，且具有衝擊力的通報方式。

看我以有如炸彈爆炸般的衝擊力道，炸飛這一切吧。

把無聊的計畫、不負責任的笑話全都消滅。

為此，我什麼都能做。

搶奪他人的恐怖行動——即使那是無比可笑的行為。

灰谷梓似乎說完了。她從包包取出寶特瓶飲料，喝了起來。

安藤什麼也說不出口。

灰谷梓陳述的，是渡邊篤人和梓相遇，因為少年復仇失敗而使兩人開始交流，直到發佈爆炸預告之前的故事。

「爆炸恐怖行動之前，哥哥真的很老實地告知了我相關內容。我聯絡篤人，雖然想報警，但篤人在那之前就發佈了爆炸預告。之後的事情，應該不用我說了。」

安藤頷首。

如同渡邊篤人預測，所有路線的電車停駛，避免了造成人員死亡的大慘案。只不過，渡邊篤人被社會認定是恐怖分子了。

聽完這段故事之後，安藤說出一件有些在意的事。

「妳包包裡面那個，該不會是？」

她手上提的包包可以看見一些筆記本。
梓害羞地「啊」了一聲，抱起包包。
安藤問道：「該不會是妳剛剛提到過的日記？」
「嗯，是的。」她點點頭。「我是為了讓哥哥看才帶在身上的。」
安藤理解地點頭，並且在自知失禮的情況下說：「能不能讓我看看？」
灰谷梓睜大眼睛問：「為什麼？」
「我想，使渡邊篤人出現變化的原因之一是那些日記，希望能讓我確認一下。」
灰谷梓猶豫了一下之後同意了，她打開包包，從中取出筆記本。
三本厚重的筆記，全都帶有充分使用過的陳舊感。

早上醒來之後，我種植的仙客來花圃被踩爛了。

文章率先映入眼簾。

與哥哥有關的報導刊登出來之後，就一大堆這種事……這樣我種的花就全毀了。

一百頁的筆記本總共三本，裡面填滿了文字。

那裡寫的是少女沉重而痛苦的日常生活。

我只能告訴自己，一切都是無可奈何。我被霸凌也是沒辦法的。

營養午餐裡面被丟了垃圾，這都是哥哥和自己不好。

我撕碎了哥哥以前的照片，以前的哥哥已經不在了，會保護我的哥哥不在了。

都是沒能阻止哥哥的我們一家人不對。不過，即使如此，我們在被哥哥毆打的情況下，死命帶他去了醫院……卻沒人認同我們。

哥哥總算更生了，他不會亂打人了——但是因為那篇報導，一切都報銷了。媽媽因為悔恨而哭了。

安藤的膝蓋開始顫抖。

如同她也承認的，一切的起因都是灰谷謙，而沒能阻止他的家人也是幫兇。從日記裡的文章內容看來，梓也認同這一點，但裡面仍寫下了許多無法接受的感情。

如果沒有安藤寫出的那篇報導——

如果世間能稍微理解自己一家的痛苦——

灰谷梓痛恨哥哥、後悔著自身的過去。即使她對受害者致歉著，仍無法不這麼想。

她似乎也跟周圍吐露過這樣的真心話，即使不對的是哥哥，也不該是我被霸凌。卻因為這樣引起更強烈的反彈，霸凌只是愈演愈烈。

周遭的教師不會幫助她，因為他們也是灰谷謙的受害者。教師們拚命控制在學校胡鬧的灰谷謙、勸誡他，即使被打了也不能馬上報警，應該積怨已久了吧。

灰谷梓每天都壓抑著想死的心情上學。

她必須盡可能考上好高中，這都是為了能進高薪的公司。灰谷謙犯罪的賠償金有三千七百萬，她沒辦法搬家或轉學。如果有這些錢，就應該拿去賠償給受害者，這是她和母親的贖罪方式。

「請不要誤會。」

灰谷梓說道。

「這些是寫給哥哥看的日記，我沒有輕忽受害者痛苦的意思。我能理解哥哥犯下的罪很重大，而部分責任在家人身上這點，也願意接受非難。」
她的聲音壓得很低，語氣沉重。
「只是，即使對世間而言是不愉快的事實，但身為受害者家人的我們每天都要呼吸、生活。我也會在筆記本裡面寫下陰沉的真心話。」
安藤凝視著有時寫得工整、有時雜亂的日記。
渡邊篤人或許讀透了這些內容。他之所以會痛恨毫無責任地欺凌加害者家族的人，應該是受到灰谷梓影響吧。
安藤覺得呼吸困難。
「我已經清楚了妳和渡邊篤人之間的事，關於這部分，我有一件事想要表明。」
「什麼事呢？」
「兩年前，寫出逼死灰谷謙報導的人是我。灰谷謙打死的，是我的女友，我無論如何都無法原諒他。對不起。」
安藤低頭致歉。
一直在一旁聽著的灰谷謙發出呻吟。
安藤再次抬起頭，看到灰谷梓掩著嘴，一副快要哭出來的眼神，微微地搖頭。

「你為什麼要表明這點？」

「因為希望妳能理解，我無法接受灰谷謙殺了人之後還能正常生活的現實。你們加害者家人覺得這一切都很沒道理吧？但更覺得沒道理的是我們受害者家人，給予加害者更生機會這點甚至讓我們痛苦到無法接受。灰谷謙犯下的罪的重量，也包含了這些。」

安藤看著灰谷梓的眼睛說道：

「雖然我覺得不必特地跟妳聲明，但希望妳不要忘了這些。」

「……我知道了。」

灰谷梓點頭，我不認為這只是形式上的承諾。這應該是她在與渡邊篤人相處之中，已經看到厭煩的現實了吧。

「當然，我毫無疑問是思慮不周。雖然我不認為這樣做能當成謝罪，但能不能讓我協助渡邊篤人呢？」

安藤提出協助的建議，灰谷梓低下頭致謝。

「我很樂意。」灰谷梓高聲說。「老實說，我就是帶著這樣的打算才來。」

既然如此，我們必須立刻採取行動。如果渡邊篤人在我們這樣磨蹭的時候遭到逮捕，真不知道真相會被扭曲成什麼樣。

安藤走近灰谷謙。少年仍躺在地上，瞪著妹妹。安藤把智慧型手機放在他前面。有件事情需要他立刻確認。

「你說你跟雇主通過一次電話對吧？電話那頭的聲音是不是這個人的？」

安藤用智慧型手機播放一段影片，那是一段被上傳到影片網站的某人演講。

灰谷謙的嘴稍稍動了，看樣子心裡有底。

他閉上眼說：「我不會說啦。」看樣子不會輕易透露。

但這只是無聊的忠誠，這個人有一項非常嚴重的誤解。

「我說，有件事我一直很在意。確實如你所說，假使恐怖行動成功，十七歲的你不會被判處死刑，頂多緩刑成無期徒刑吧。但在那之後，你以為只需要被關個幾年就可以假釋出獄嗎？」

安藤如是問，灰谷謙皺起眉頭。

「不是關七年就可以假釋嗎……？」

「雇主是這樣跟你說的嗎？」

灰谷謙「嗯」了一聲點點頭。

應該是少年法第五十八條吧。在少年犯罪的情況下，即使被判處無期徒刑，也可以

於七年後假釋。只要出示這部分法條內容，很容易讓沒念過什麼書的人信以為真吧。

安藤搖了搖頭。

「當然不是這樣啊。實際上沒這麼簡單，而且從死刑被緩刑成無期徒刑的情況下，不適用七年假釋的規定。無論怎樣快，也要關個三十年才可以假釋吧。最壞的情況就是一輩子待在監獄裡。」

灰谷謙乾裂的嘴唇抽動了一下。「一輩子……」

「你果然不知道。」

安藤很想咒罵為什麼。不管是富田緋色也好，灰谷謙也罷，為什麼都把殺人看得這麼輕易？

「你被雇主騙了，就像你利用了富田緋色的無知那樣，雇主也利用了你的無知。」

當灰谷謙察覺這一點，並且想告發雇主的時候，警察應該都已經問訊完了吧。沒有人會採信三番兩次反覆的證詞，雇主不會被捕，只有灰谷謙一個人背負所有罪惡，一輩子在牢裡度過。

「灰谷謙，即使這樣，你也要包庇雇主嗎？」

灰谷謙愕然地張著口。

即使說這樣還是不肯招的話，那只能威脅他了。安藤取出方才撿回來的小刀指著他，催促他快說。

「……就是那個人。」灰谷謙不甘心地呻吟。「不會錯，就是那段影片裡面演講的人。」

雖然心想怎麼可能——原來如此，就是他啊。

儘管事先有猜到，仍是非常驚訝。

安藤原本就覺得那個人在案子發生後的說法很詭異，沒想到就是幕後黑手。

安藤將小刀頂在灰谷謙的臉頰上。

安藤勉強壓下想拿刀刃，而不是刀背頂著他的衝動。

「雖然我很不爽，但你是重要參考人，所以我不會殺你。記得在牢裡好好反省啊。」

灰谷謙不甘心地呻吟著，簡直像是野獸的咆哮，真聽不下去。「我、我們馬上報警吧。」灰谷梓出聲道。「既然知道雇主是誰了，或許可以幫助篤人。」

對她來說，應該沒有比這更好的消息吧。她興奮著，快嘴說道。

安藤邊收起小刀，邊勸誡她。

「不，還是不要的好，我們缺乏決定性關鍵。讓更有發言力的人物，速速爆出這項事實比較好。」

畢竟只有灰谷謙指證聲音很像，即使通報警察也會因證據不足而無法起訴，甚至可能不會被報導出來。要證明渡邊篤人的清白，應該需要花費大把時間吧。比起報警，還有一種更有效的手段。

「發言力，是嗎？」灰谷梓復誦，並將手抵在嘴邊保持沉默，但她似乎立刻察覺了。

「渡邊篤人。」

安藤點頭。

如果是他的發言，一定會在全日本引起波動。

這項事實甚至讓安藤興奮到起雞皮疙瘩。

十五歲的恐怖分子直接與逼急了自己的幕後黑手抗戰。

與震撼全日本的恐怖行動做出了結的時候接近了。

很神奇地，逃亡生活沒有那麼糟糕。

恐怖分子還是可以創造一些回憶。

10

．．．

我潛伏在一輛廢棄車輛裡。之前每天慢跑的時候，就發現了一輛廢車被扔在河邊。我用鐵撬撬開車門，鑽進裡面躲藏，只要用布蓋住窗戶，就能形成一個簡易藏身處。這裡晚上很冷，裡面充滿了發霉灰塵的氣味，但有著恰到好處的狹小。只要豎耳聆聽，還能聽見河川的水流聲，倒也不是不能算是河邊的小別墅。更關鍵的是，隨意亂長的樹枝遮住了我們的存在。

我把採買和收集情報的工作交給梓。她鑽出廢車之後去買吃的，途中利用免費無線網路熱點，收集案情的相關情報。

我在那之間，一直躲在廢車裡面。對梓真的是怎樣感謝也不夠。

因為沒什麼錢，所以不僅沒辦法吃得太好，我甚至不能出去。晚上非常寒冷，沒有暖爐甚至可能凍死，也沒有淋浴間和廁所，以居住環境來看真是糟糕透了。

我唯一期待的就是深夜。

在這個不需要在意他人目光的時間，我可以和梓兩個人一起外出。

我們邊用梓從便利商店取來的熱水暖身，邊仰望天空。

雖然在東京，但如果是光害較少的河川沿岸，就能夠看見星星。一月夜晚的寒冷空氣清澈，非常適宜觀星。熟悉花卉的梓可能沒有觀星的相關知識，所以保持著沉默；而我同樣不是那麼熟悉，於是也沒說話。

啊啊，星空真美。是啊。

我們只有這種程度的對話，持續仰望著夜空。

這讓我暫時忘記自己是恐怖分子，忘記我們是加害者家人和受害者家人身分，忘記自己正被警察追查著。

靜靜等待時間流逝。

梓說出：「我還是比較喜歡花呢。」這般沒有情調的發言，回到車上。我也邊抱怨著寒冷的氣溫回去。

不知為何，覺得這樣的時間很舒服。

・・・

我被搖了搖肩膀，醒覺過來。

這叫人起床的方式很溫柔，看樣子是梓回來了，她在我旁邊的座位上坐下。我們兩人並肩坐在後座，看看時間，已經來到傍晚時分，從第一次爆炸行動至今已過了兩天半，真虧我能躲到現在。

「我以為妳不會再回來了。」我說道。

梓輕輕捏了我的肩膀。

「這種情況我怎麼可能逃走，你下次再這樣說我要生氣喔。」

我老實地說聲「對不起」致歉，這確實對她有些失禮。

她告訴了我我與安藤先生之間的對話內容，雖然不知道用了什麼方法，但安藤先生似乎與灰谷謙碰上面，也錄下了灰谷謙的證詞。

「太好了，可以依靠的人終於出現了。」

我一直在等，等察覺到案情真相，並願意協助我的人出現。無論怎樣感謝冒著風險去見他的梓，應該都感謝不完吧。

我邊按摩自己的肩膀，並在狹窄的車內伸展。可能因為睡在硬梆梆的車椅上吧，總覺得身體很僵硬。

「篤人，我跟哥哥問到之所以找上實夕的原因了。」

這是我最想知道的內容。

梓邊看著記在手冊上的筆記，邊跟我說明。

灰谷謙必須試驗自製炸彈，據說他於是跑去人煙罕至的深山裡面進行三過氧化三丙酮的實驗，而這個過程被渡邊實夕目擊到了。渡邊實夕是為了找花才跑去山裡，焦急的灰谷謙拜託渡邊實夕不要說出去，相對的他答應購買比野花更豪華的花朵給渡邊實夕。他跟渡邊實夕一同前往花店，讓她選擇喜歡的花卉。收買了渡邊實夕的灰谷謙將實夕送回家之後，隔天就派富田緋色縱火。

手法實在太卑劣了。

真想現在立刻用菜刀捅爛灰谷謙的喉嚨。如果我人身在聽取說明的地方，應該會不顧一切大鬧吧，怒氣讓我快要發起燒來。

但現在有更應採取的行動。

我們必須打倒灰谷謙的雇主。

我反覆深呼吸，讓自己冷靜下來。

「梓，我可以拜託妳一件事嗎？」

我啟動平板，開啟一張圖片給她看。

她睜大眼睛接過平板，以沙啞的聲音吐出：「這怎麼回事？」

我剛剛偷偷溜出車外收集情報，並且發現了這個。

梓家的情報被貼到了網路討論區上。

「我的過去已經算傳開到一定程度了，但是網路上也流傳著在渡邊篤人家縱火的不是『富田緋色』，而是『灰谷謙』的這項情報。」

究竟是誰查到的？我是少年犯罪受害者遺族這點，似乎已經是眾所皆知的事實。根據網路上的流言，渡邊篤人似乎是因為憎恨而瘋狂了的少年。也有指出殺害我家人的少年，才是真正壞蛋的批判聲浪。

說穿了，推理陷入混沌，目前處於完全不顧一切攻擊壞人嫌疑犯的狀況。

「不過，為什麼？」梓出聲說道。「只有一小部分人知道我哥哥是案件關係人啊。」

我點點頭，可以推測出可疑人士。

察覺灰谷謙與案件的關聯性，並且可能流出虛假情報的人物。

「或許是富田緋色，在自己的個資傳開之前，先放出了假情報吧。」

但無法確定，我只是有一種非常有可能是這樣的預感。

不過，犯人是誰都無所謂，矛頭又指向梓的家人這點才是問題。

梓關掉平板電源，抱著頭煩惱。

我對著她說：「對不起，是不是不應該給妳看？」

「不會。」她搖搖頭。「我早就有覺悟了，只要哥哥是執行犯這點被報導出來，我們家橫豎會遭受非難吧。」

這只是逞強吧，聲音裡面沒有霸氣。

看著她的表情，我有股衝動覺得自己該說點什麼。

「沒問題的。」我對她說。「世間的注意力會立刻轉到雇主身上吧。我會揭露這傢伙的惡行，我會毀了他所有計畫給妳看。」

不可以讓批判的矛頭指向灰谷謙。

必須讓世間知曉雇主的存在。

「妳一定有機會在那張長椅上談論將來。」

我直直地凝視梓的眼眸，為了給她打氣。

她也同樣凝視著我的雙眼。

「妳一定？」她嘀咕著。「你不一起嗎？」

這尖銳的質問讓我說不出話。

她的眼睛像是看透了一切。看著她緊緊抿成一條線的嘴唇，就知道這邊應該無法矇混過去了。

「對不起。」

我輕輕搖頭。

「我說錯了。我還記得約定，我們要一起談論將來。」

我差不多也該承認自己的心情了，這已經不是演技什麼的。

我想跟梓一起獲得幸福。

如果能再兩個人一起坐上那張長椅，究竟會是多麼美妙的事呢？

我重新朝著她伸出手。

「讓我們一起炸飛這莫名其妙的世界吧。」

梓溫柔地微笑，握住我的手。

我們就這樣握著對方的手一段時間。

移動時，我連接上免費無線網路，收集與案情有關的情報。

原因之一，是要用平板遮住臉。

另外一個原因是被逮捕之後，我不知道自己究竟能看到多少新聞。

我最先點開了新聞網站，案情被與我相關的新聞填滿。設施代表召開的記者會被報導出來，讓我心痛，同時內閣府也發表了聲明。聲明內容要求警察迅速應對，以及媒體必須顧慮報導內容對未成年對象造成的影響。前者先姑且不論，後者引發了巨大迴響，留言欄充斥著不需要顧慮恐怖分子之類的憤怒之聲。

接著瀏覽了網路討論區，裡面充滿制裁我的話題。我看著上傳到網路上的圖片後啞口無言，家人長眠的墓碑被亂搞，墓碑上被噴漆噴上了低劣塗鴉。做出這樣蠢事的人彷佛把這當成英勇事蹟一般，隨著上傳的圖片一起在網路上洋洋得意。

當我發現老友的名字時嚇得發毛，那是中學時代跟我參加同樣社團，感情很好的人，只因為對方常常跟我說話，就被當成了嫌疑共犯。照留言者的說法，只因為是渡邊篤人的朋友，似乎就不是什麼好東西。

還有利用無人機空拍，實況轉播我所居住設施狀況的人出現。影片裡面可以看到設施裡的孩子們，在院子裡的他們發現無人機之後，露出一臉快哭出來的表情跑回建築物裡。

我在小學或中學時寫的畢業文章影本被人拿到拍賣網站上，以便賣給媒體相關人士，價錢還開得很高，但我覺得開價三萬實在太貪心了點。

最後瀏覽的是ＳＮＳ，只要搜尋關鍵字，咒罵我的聲音就會列隊而出。

到處都是【死刑】、【槍斃】等激烈的言論。

似乎也有很多人跑去梓的老家。作為過去殺害渡邊篤人的人的老家，有無數關於他們的留言，甚至可以看到花圃被毀的照片。

無數聲浪快要壓垮我們。

好想吐，好想立刻逃跑，出去下跪求饒說「請不要連累認識我的人」。心跳加速，感覺一個鬆懈就要哭出來。

我緊緊握住梓的手。

她說了聲：「篤人？」我立刻回答：「我沒事。」

我在心中說，怎麼可以輸，我不會輸給這些聲浪。

只是，我犯了一個錯。

我們不知不覺來到會有行人經過的路上。

附近一位女性可能以為我身體不舒服，只見她看了過來，我們對上了眼。那是一位身穿米色大衣的ＯＬ感女性。

她弄掉了手中包包，眼睛睜得大大的，一臉茫然。

被發現了，毫無疑問。

我說了聲：「跑。」並抓起梓的手狂奔，女性沒有要追上來的樣子。我一回頭，發現她正在操作智慧型手機，應該是想報警吧，糟糕透了。

沒有多少人會在都會的路上全力狂奔，我們自然吸引了目光。一跟我對上眼，就有人發出哀嚎。

我們不能停下腳步。

我們所在的位置是國道十二號線，靠近初台車站的地方。因為現在是傍晚，國道上正塞車著，而我們就在塞車的道路旁死命往新宿車站的方向跑去。看起來是準時下班的上班族看見我們後說不出話。

似乎還出現了追著我們的人，罵聲從後方傳來，我們沒有回頭看的餘力。幸好我還對自己的腳程有信心，梓也跑得不算慢。我們勉強穿過閃爍的紅綠燈，往目的地前進。

「篤人！」梓邊跑邊說：「是說，雪花蓮開花了嗎？」

我懷疑自己是否聽錯。「這種狀況下怎麼問這個？」

我瞪向梓，心想她也太悠哉，但是她的眼神無比認真。

「因為接下來我們就沒機會說話了。」

或許是這樣沒錯。

在這之後，無論事態如何發展，我都毫無疑問會遭到逮捕。接著關進拘留所、少年鑑別所，一輩子都沒有機會跟梓交談了吧。

梓一定也很清楚這一點。

「花苞應該快長出來了。」我回答。「妳這麼想知道？」

「篤人，雪花蓮還有這樣的傳說。雪本來沒有顏色，所以雪去求花朵分一些顏色，

卻被所有花朵拒絕，只有雪花蓮願意分顏色給雪。從那天起，雪就變成白色的了。」

她邊跑著，邊毫不停滯地說著。

說不定這是早就準備好的台詞。

「我一直是無色透明的，什麼都沒想、也沒採取什麼行動，只是一直承受著霸凌。我認為只是因為我哥哥犯下了錯，所以我就應該持續接受懲罰。可是，與你相遇之後，我認為這是不對的，我應該要為了受害者持續煩惱。我會去找井口小姐的家人，並詢問他們希望我們做些什麼。跟篤人一起培育雪花蓮，一定也有其意義存在。」

梓加強了握住我的手的力道。

「無論結局如何，我都覺得能跟篤人一起太好了。」

她這番話讓我想起我每天都會造訪的場所。

在那個沒有光照入的空間，我總算能平靜下來。對於不知該朝什麼發洩怒氣，持續行動著的我來說，我認為黑暗才最適合自己。

被黑暗的黑色包圍，我持續凝視著「聲音」。

給予了白色，是嗎──

如同梓所說，我也認為這一定有意義存在。

在與她對話之中，我們終於抵達了目的地。

新宿中央公園，在這座公園的一隅有一個藝術展示品，正好形成遮住我們的牆壁。從新宿車站走路十分鐘，來到東京都廳跟前。以聚集人潮的地點來說，這裡是一處絕佳場所。

我回頭，看到人們追著我。我沒想到有這麼多人，具有上來扣押恐怖分子的勇氣。我從口袋取出菜刀，那是祖母的遺物。我將梓擁過來，把菜刀抵在她的脖子上。

「不要靠近我！我會殺了她！」

梓是人質。

她成為了能保護我的唯一存在。

嬌弱的少女被刀子抵著，讓包圍我的人們停了下來。

「我會上傳最後一段影片，照那影片的內容做！」

我借用梓的智慧型手機，上傳影片。影片的內容比起過往的都更為具體。

『我想與比津修二一對一談話。只要能夠實現，我就會立刻釋放人質並且自首。』

這不是太誇張的要求，恐怖分子都出面主動要求談話了，議員不可能加以忽視。只能賭上這次機會了。

我與梓兩個人一同挑戰。
一定要把這個世界炸飛。

我們瞬間遭到包圍。

不消幾分鐘，就失去了逃脫之路。

我用左手握著雪花蓮卡片，右手握著菜刀，抵在梓的脖子上。

還好有準備人質，這樣警察就只會乾瞪著我，不會採取行動。

我在警察的包圍網那一端看到扛著攝影機的人，應該是電視台記者吧。我讓梓戴上兜帽以遮住臉孔，我並不想讓她的臉孔曝光。

在這之間，警力人數持續增加。特殊攻堅部隊，也就是所謂的ＳＡＴ那類全副武裝警官陸陸續續來到公園。之前在封鎖案件的新聞之中看到過。

如果我沒有用菜刀抵著梓，我一定會在轉眼之間被制伏。如果我不是未成年，甚至可能遭到槍殺吧。

將我完全包圍之後，一道燈光打過來。明明已經晚上了，卻亮得跟白天一樣。一位男性在兩個隊員隨侍左右的情況下上前。

是比津議員，他毫不畏懼地堂堂向前。

我放下左手的雪花蓮卡片，取而代之抓起小型擴音器。

「請停下。」我說道。「如果再靠近，我就殺了她。」

控制人質的鐵則是持續用凶器威脅。

雖然從網路上獲得的知識在這時候派上用場實在可笑，但我可是預習過如何掌控人質。

無論怎樣害怕，我都不能將凶器對著人質以外的地方，不能保護自己，必須持續把刀子抵在梓的脖子上。

當菜刀指向比津的瞬間，我就會被警員壓制，然後敗北。

這既不是頭腦也不是肉體，而是內心之戰。

「請給我時間，請給我十分鐘讓我跟比津議員談談。在那之後，我會釋放人質並且自首，絕無虛假。」

我看著比津的臉，他以嚴厲、足以刺殺對方的堅毅眼神瞪著我。

給我一種神奇的懷念感覺。

沒錯，我曾經跟這個人爭論過一次。當時的我只懂得宣洩感情，然後被比津先生輕巧化解，而我只能痛哭，非常丟臉。

我回想起屈辱且悲慘的過去，手心冒汗。

這時，在我臂彎裡的梓稍稍把體重壓在我身上。

這是她在佯裝單純的人質，還是想要鼓勵我呢？

沒問題，我已經跟當時的我不同了。

「渡邊篤人同學。」比津手握擴音器說道。「我明白了，十分鐘，讓我們談一下吧。請你答應我會釋放人質。」

「你沒有叫我篤人小弟呢。」我說道。「不像以前見面時那樣。」

比津的臉色嚴峻。

「我不記得見過你，我一天會見上幾十、幾百個人。」

我故意訕笑這裝傻的回答。

原來如此，他想隱瞞見過恐怖分子的事實啊。

與我的對話對他來說已經是汙點了。

「我答應你。」我頷首。「我一定會釋放人質，絕對不會加害她。」

我與比津隔著十公尺距離對峙。

「比津議員，請告訴我你的想法。這是個好機會，請告訴我在少年法和少年犯罪這塊上面，你是什麼樣的立場。」

「為什麼突然提這個，這是你的要求嗎？」

這跟要求不同。「因為有必要。」

儘管比津一副不太能接受的模樣，但還是單手舉起了擴音器，沒有畏縮的感覺。抬頭挺胸，隔著擴音器凝視著我。

「我認為少年法應當立刻修法。至今為止的修法過程，都沒有做出令受害者或國民滿意的結果。但是，這個國家的人權派卻利用統計資料和法理否定這些人的聲音。不過，每個人都知道，人有因果報應的渴望，我的內心懷抱受害者遺族的痛，主張應該修法到能滿足這般因果報應情緒的程度。雖然有些聲音主張為了讓加害者順利更生，所以不應實名報導，但在禁止實名報導的現行法律規範之下，現況是從少年監獄出獄後的少年累犯率仍然很高。即使沒有實名報導，還是會再次犯罪。那麼該防範的就不是累犯，而是初犯。透過重罰讓抑制力發揮效用，給加害者判刑，給受害者救贖。經過這次的恐怖行動，我深刻體會到，這才是保護美麗國家所需要的。」

比津高聲倡導，瞪著我。

他不只是對我說，而像是要說給這公園內所有人聽。

我聽見不知何處傳來掌聲。

不僅警方和媒體，甚至聚集了不少湊熱鬧的人。掌聲沒有那麼容易停止，簡直像是湧上來的潮水那般吞沒了我。明明是從遠方傳來，聽起卻像在我耳邊鼓掌那樣。

如果我也能以旁觀身分在場，不知道會有多麼輕鬆呢。

我等待掌聲停止，說了「我知道」。「不愧是比津老師，應該有許多人認為你說得對吧。」

比津有些嘲笑般地嗤鼻而笑。

「你反對嗎？」

「怎麼可能。」我笑給他看。「我非常有同感啊。」

我不可能不能理解。

試試看在這裡喊出富田緋色的名字吧，即使造成富田緋色的人生完蛋的結果，也不關我的事——確實有一個這麼想的自己存在。

只不過，就是因為有人這麼做了，灰谷謙才放棄了更生。

然後，我因此失去了家人。

「我切身理解你的主張，也能接受，但是——即使如此，我仍必須挑戰你。」

「我不懂你是什麼意思。」

比津略顯不屑地說道。

我一瞬間閉上眼，緩緩呼吸，接著一舉說道：

「我一直煩惱著，我的家人被一個十三歲少年殺害。有很多人告訴我，『國家只會保護加害者』、『受害者只能自己尋仇』這樣；但同時也有人溫柔告誡我，『正因為少年不成熟，所以得要加以保護』、『復仇完全無法帶給你什麼，在天國的家人也不希望這樣』。從那天起，我就持續行動，有些加害者悔恨自己犯下的過錯，也有加害者完全不反省，持續犯罪。有些父母逃避民事賠償，但有些父母賭上自己的性命也要出來賠罪。我丟出了很多話題，復仇、和解、憎恨、更生、累犯、寬恕之類，我有這麼多問題，卻沒有得到任何答案。不過，我終於發現了一件可以說的事情。」

我挺胸宣告。

「無論要復仇，還是要寬恕，都必須先知道真相。」

沒有人介入鼓譟。

除了我以外的上百人，沒有發出任何一句話。

「如果實名報導會把加害者逼上絕路自殺，但自殺的不是真正的犯人，就只是空虛而已。如果沒有真相，無論是給予制裁還是定罪都沒有用。所以，我才會以恐怖分子的身分，站在你面前。」

復仇的對象不是富田緋色或灰谷謙。

如果沒有揪出真正的幕後黑手，我絕對不會瞑目。

我大聲說：

「比津議員——雇用十七歲少年，策劃恐怖行動的人是你，對吧？」

聽我這麼說，比津以嘲笑的態度說：「你有什麼根據？」簡直像不當我一回事般扭著嘴角。

我緊緊握住菜刀。

「爆炸案的執行犯說雇主的聲音跟你很像，現在他應該被逮捕，並說出完全一樣的證詞吧。」

「就根據聲音很像？太亂來了吧。」比津搖頭。「你一邊說著真相不可或缺，但換成自己要做卻拿這種不確定的證據來貼標籤嗎？沒什麼好說的。」

「我只是提出問題。」

「不精準的問題跟散佈謊言沒有兩樣。」

「說得也是，不過你也有說謊吧？」

比津皺眉，臉上帶著不悅。

「我跟你早就見過面了，但你為何要假裝我們第一次見面？」

「因為我不記得。」他一副覺得怎麼這樣的態度主張著。「我說過吧？我一天要見上幾十、幾百個人，怎麼可能全部記住，要因為這樣就指控我說謊也太蠻橫。」

「所以你意思是說，你不記得我？」

「嗯，不記得，你該不會想要我拿出不記得的證據吧？」

比津露出自知勝利般的笑容。

這也是當然。

一般來說，這樣會變成牛頭不對馬嘴的爭論。議員有沒有見過重要人物什麼的，常是新聞報導的內容。我從沒想過自己有一天會變成追究此事的一方。

「我當然不會要你拿出證據。」我搖搖頭。「這是當然，因為我才是提出證據的那一方。」

我對梓下達指示。她依然保持因為被命令，只能無奈配合的態度取出平板，播放出那段音軌。

『安藤先生，你沒有實際看過，對著我訴說「為什麼少年法不會改變」時的渡邊篤人是什麼樣的表情。你應該很清楚這些不能只說空泛表面，受害者的應報情緒究竟是什麼樣的。無論是否正當，都應將輿論引導到重罰化的方向上，而這只有比任何人更早開始追蹤渡邊篤人的你做得到。這次的案件，是能夠大幅度修法的絕佳機會。』

梓挺出平板，我瞪著比津。

比津睜大雙眼，洩出微微呻吟。

「這是某週刊記者昨天跟比津對話的錄音檔。」

這是梓從安藤先生那裡拿到的檔案。

也是比津修二記得我的決定性證據。

「這對你來說不太湊巧吧。去年九月在案發前與恐怖分子見過面，只會造成不良印象，所以想要隱瞞對吧。」

我說著。

「對你來說，我的存在就像是葬送政治生命的炸彈那樣。」

分歧點在比津與我面對面時的談話。如果比津認同曾經與我見過一次面，就換我無計可施了。

「我看不起你那種即使扭曲真相、煽動輿論，也想要按照自己欲望修法的手段。」

比津整張臉脹紅。

「所以又怎麼樣？」比津拉大聲音，幾乎像是要罵人了。「只不過說了一、兩個謊，就要把我當成罪犯嗎？結果這還是無法成為我雇用十七歲少年，並計畫了恐怖行動的證據，這兩件事完全不相關！」

他說得沒錯。

這是看穿我極限的精準指摘。

「是啊……說到底，我沒有辦法找到明確證據。我也不希望把不必要的不良印象抹在你身上，造成事態混亂。」

我垂下眼。

我手上沒有可以更逼死比津的證據。

結果我並沒有揭露國會議員瀆職的力量，這也是沒辦法。

不過，已經夠了，即使只有一瞬間，能讓比津動搖就足夠了。

「我的要求只有一點，請著手調查。如果我的說詞完全是空穴來風，要怎樣制裁我都沒有關係。請徹底調查執行犯與雇主之間的關係，挖出這場爆炸案的真相。」

說著說著，眼淚流了出來。

這不是演的，而是自然而然流下。

「你在跟誰說話？」

比津詢問。

我從口袋取出智慧型手機。

「我把這段對話內容，全部直播到網路上了。」

比津張口結舌，似乎理解了一切。

在比津出現於我面前之後，我馬上開始直播。

一定有超過幾萬的人聽到這段直播內容吧。

我拚命呼籲這些人：

「我說的事情詳細內容，都會刊登在《週刊真實》的網頁上。裡面也包含了爆炸恐怖行動後你的言行舉止，以及恐怖行動執行犯少年的證詞。希望能清楚追查這之中的疑點，拜託了。」

熱切的情緒湧上。

我是恐怖分子，高聲主張我的要求。

我要毀了這世界的一切。我自己將化為炸彈，炸飛這一切。

已經無法停止了，我盡情大喊：

「我想知道真相！我的祖母和妹妹被燒死了，但檢察官並沒有展開調查，只因為執行犯未滿十四歲！檢察官就沒有介入，無法揭露真正犯人！我！想知道一切！我想獲得跟這個案件有關的所有行報！如果不是這樣！我無法繼續前進！復仇可以拯救人心？不要鬧了！現在的我甚至連復仇這個選項都沒有！重罰？別以為這樣就可以解決一切，即使加害者被實名報導，縱火執行犯會自殺！但如果不知道誰是真正的壞人，怎麼可以接受呢！」

我作了好幾次、好幾次的夢。

我想起了那一天。

因為幸福而應該會成為特別回憶的那一天，但那樣的幸福從我手中滑落，惡意的一把火從我身上奪走了一切。我無法相信眼前的事實，我心中的某些事物壞掉了，我從根本上就是瘋狂的。

「我的家人之所以被盯上，是因為妹妹去深山裡摘花，而目擊了這次恐怖行動使用的炸彈實驗現場的關係。犯人為了封口，隔天放了一把火燒光我家，那是我生日當天的晚上。」

在慶生會結束的夜晚，家人熟睡之後，富田緋色放火了。

從包圍周遭的火場中順利逃生的，只有我。

當我回過神，讓人無法前進的大火已經覆蓋了整條走廊。逃出時我相信實夕已經在我將逃去的地方，然而獲救的只有我。

危急之際我抓住的，只有實夕送給我的雪花蓮花盆。

「我妹妹因為想送我生日禮物而被殺了——」

我重重喘氣，感覺喉嚨快要壞掉，且因為眼淚而看不清楚前方。不知道是否因為腦部過於充血，總覺得意識一片渾濁。

公園所有人都保持安靜，一片寂靜無聲。

沒有掌聲、沒有歡呼，也沒有叫囂。

一片寂靜。

我已經說出了所有訴求，不過還沒有結束。

我用一隻手把梓拉了過來。

我知道ＳＡＴ隊員登時緊張起來，他們壓低了腰，釋放出想突擊我的意識。

約好的十分鐘已經過了吧，差不多該撤了。

「我想知道真相。」我說完最後一句話。「這就是我的希望。」

我輕輕放下擴音器，往前方拋出手機，這麼一來我所說的話，就只有梓聽得見了。

我在她耳邊輕聲嘀咕。

——梓，對不起，我果然還是無法實踐與妳之間的諾言。

梓呻吟了些什麼。

在她說些什麼之前，我用力推開她的身體。她的身體是那麼輕盈，輕易地離開了我。

我把一直緊握的菜刀刀尖對準自己喉嚨。

這是一種保險。

實際上，現在的我無法確認究竟有多少人會聆聽我的訴求。

以嘲笑這是罪犯所說的瘋話作結，也是很有可能發生的。

如果是這樣，那就是最糟糕的結局，無法揭穿比津的暴行，灰谷謙則會被當作世紀兇狠罪犯逮捕，這麼一來，梓的人生就——

只是想像那悲慘的結局，我的眼淚就快要掉下來。

不過，沒關係。

如果是個十五歲少年在自殺之前表達的訴求，一定會有人願意聽。

我是恐怖分子。

直到最後的最後，我都必須作為一個炸飛世界的炸彈。

周圍也察覺我的舉動了吧。

我聽見警官的咒罵聲，ＳＡＴ隊員準備衝過來。

我抬起頭，看見比津茫然而無力的臉龐，也看到安藤先生在群眾之中放聲大喊。

梓頹坐在地上，睜圓了眼。

當菜刀刺進喉頭的前一秒，一樣東西飄落到我手上。

是雪。

東京似乎降下今年首次的雪。

這片白讓我想起梓所說過的話。她直到最後的最後，告訴了我有關雪花蓮的傳說。

把顏色贈給雪花的溫柔花朵。

她說得沒錯。雪花蓮在一片漆黑的黑暗之中，也帶給了我希望。雖然對我來說，它可能同時也象徵著死亡就是了。

若我的遺體如同傳說所示將化為雪花蓮，不知會有多麼美麗呢？

我在握著菜刀的手上加諸力道。

最後聽到的是呼喊我名字的梓的聲音。

終曲

總編突然找我討論事情。

希望我在案發一年過後，做一篇統整。

案件應該是指渡邊篤人涉及的恐怖行動吧，就算他不說我也明白。安藤現在被認定是最早察覺案件真相，並協助渡邊篤人的記者，受到業界諸多注目，而總編當然不可能不利用這一點。

安藤在自己的辦公桌前，回想一年前的事。

・・・

渡邊篤人被無數警察包圍，表達了自身想法後，立刻釋放了梓。在那之後，他把原本對著灰谷梓的菜刀轉向自己的喉嚨，在ＳＡＴ阻止之前，他用菜刀刺殺了自己。

震撼全日本的恐怖行動於焉告終。

有好一段時間，各談話性節目都安排了特集報導。

在那之後，追蹤報導渡邊篤人逮捕與身世的新聞節目源源不絕，但目標逐漸轉向比津。案發過後一個月，他所做出的壞事逐一揭露。

相反的，渡邊篤人開始被當成英雄介紹。

這大逆轉漂亮到讓人不禁傻眼。

但很遺憾的是，世間似乎跟不上這次翻轉，仍有許多人認為炸彈恐怖行動的執行犯是渡邊篤人，甚至有人提倡渡邊篤人背地裡與媒體勾結的陰謀論。不過同時，渡邊篤人的粉絲網站也在網路世界一隅開張，打出犧牲自我阻止恐怖行動，並揭發幕後黑手的帥氣高中生之類的宣傳。

有關渡邊篤人的傳聞，今後將會慢慢風化嗎？或者將出乎意料地擴散呢？安藤也不得而知。

渡邊篤人帶來的影響其中之一，就是舉辦了要求修改少年法的遊行。

真意外。

安藤記憶之中從未看過要求修改少年法的遊行，這是非常罕見的示威行動。

渡邊篤人的發言被直播到網路上真是做對了吧。他的聲音沒有透過大眾傳播媒體，而是直接傳到人們耳裡這一點，造成很大的影響。

主辦單位表示遊行動員人數約莫三千，雖然絕對不算大規模遊行，但全國各地都有人到場聲援，今後人數可能還會增加。

在發生爆炸案的新宿路上舉行的遊行，感覺非常優雅。

他們沒有喊出類似廢除未滿十七歲罪犯死刑或廢除少年法之類的激烈口號，他們的訴求也不是比津所說的實名報導，而是要求擴大檢調單位介入少年犯案的範圍。這雖然同時包含重罰的意圖，但遊行喊出的是不同口號。

「沒有真相、沒有更生」、「沒有真相、沒有和解」。這些，才是他們的標語。

似乎引用了渡邊篤人所用的「真相」。

這證明了儘管只有一點點，但十五歲恐怖分子的訴求推動了世界。

・・・

安藤面對著電腦，輸入文字。

「關於少年法修法的議論，雖然常會把重點放在實名報導與處分輕重這方面上，但受害者團體想要的不是重罰，他們一直主張希望檢調單位介入，並明確出相關責任所在。W少年深切的話語，重新讓世間認知了此一主張。」

這樣寫太生硬了吧，應該不會為大眾所接受。

安藤思考有沒有吸引人的詞句，想起渡邊篤人說過的話。

「小小的恐怖分子改變了世界。」

標題就用這個吧。

非常適合即使數度碰壁仍沒有停止行動，持續作戰的他。

這下標題和文章的方向性就定下來了，但要吸引讀者還是不夠充分，需要一些跟渡邊篤人有關的新情報。

安藤關掉電腦，伸展身子。

沒辦法，只能拿出點記者的樣子，乖乖用腳收集情報了。

安藤於是聯絡了灰谷梓。

灰谷梓在案發之後，搬到遠離關東地區的地方去了。

安藤在咖啡廳等待，她準時赴約。不知是否無法平靜，只見她忙碌地動著視線，或許因為這是一家普通的女高中生不會來的高級店家。安藤原本以為選擇座位間距離寬敞的店家比較理想，但似乎給她帶來不必要的緊張。

灰谷梓先跟安藤示意過後，才坐到沙發上。她看了看菜單上的價位，開始確認錢包。安藤於是說：「妳不用介意錢，我請客。」

「看妳這個樣子，應該不太習慣採訪？」

「是啊。」灰谷梓說道。「哥哥被逮捕之後雖然有大量媒體過來，但搬家兩次之後，總算恢復平靜的生活了。」

「兩次啊，真是辛苦妳們了。」

「我想這一定還算好的。如果恐怖行動造成人員死亡，或者比津的行為沒有被揭發，我們不管逃到哪裡都會被追著跑吧。」

現在媒體注意的是比津議員的刑事審判走向吧。

感覺對執行犯少年的關心日漸淡薄。

「在高中沒有被傳八卦嗎？」

「不曉得。其實我重考高中了，今年春天才要入學，是比普通人大一歲才開始的高中生活呢。」

她說明了目前的生活狀況。

似乎在完全不熟悉的新天地，跟母親兩個人過得很順利。她一邊打工賺取生活費，一邊自修自習，雖然對即將在春天開始的高中生活有些不安，但也期待著能否交到新朋友。

夢想春天即將開始新生活的她的表情明朗而平穩。

已經不再帶有在廢棄工廠相見時那般冰冷的眼眸了。

隨口聊了一些之後，安藤說道：

「雖然這可能是妳不想回答的問題，但能不能告訴我跟妳哥哥有關的事？」

灰谷謙在少年法庭因為情節重大而被移送並遭到起訴，而進入刑事審判環節，現在雖然仍在審判途中，但遲早會被判刑吧。

灰谷梓臉上的表情沒了笑容。

「我只去見過他一次，他沒什麼精神，我跟他說媽媽擔心他的身體狀況，他只有呻吟著回話。老實說，我不知道他是否真的有反省，我只跟他說『希望你更生』，而他只是點頭給我看，我也不確定他是不是真心的。」

「更生啊。」

「說實話，我真正的希望是他被關一輩子，不過應該不會這樣吧。今後我還是要面對哥哥活下去。」

灰谷梓輕輕把咖啡杯端到嘴邊。

說起話來雖然有精神，但事情應該沒有嘴上說的那麼單純吧。

灰谷梓微笑著說：

「有時候我會被人投以憐憫的眼光。如果能丟下哥哥，自由生活就好了。」

雖然沒有以憐憫眼光看她的意思，但情感似乎傳達給她了。

安藤喝了一口咖啡。

灰谷梓直直凝視著安藤。

「並不是因為我是妹妹，而是我想這麼做。我不能逃避哥哥，我覺得我要好好想想怎麼補償受害者，這是只有我才能做到的。」

安藤一字一句不漏地將灰谷梓所說的內容寫在記事本上。

結束採訪回到公司之後，覺得編輯部好像有些吵鬧。

總編的位子附近擠滿了人。

該不會又有什麼案子了？應該不是少年犯罪吧。

靠近過去，編輯部裡所有人一起看向安藤，簡直像是期待安藤登場那樣。

安藤回看他們，心想怎麼回事？一位同事邊說：「安藤先生，這個。」一邊遞出一枚信封。

上面沒有寄件人姓名。

安藤立刻打開，裡面放了一張信紙。

「能不能見個面呢？　渡邊篤人」

上面以工整的文字寫著。

這下總算知道為何編輯部這麼吵鬧了。

沒想到他會主動來接觸。

沒錯，渡邊篤人還活著。

他的自殺以失敗告終。

他確實拿菜刀刺向了自己的喉嚨，安藤也親眼看到菜刀刺中他喉嚨的瞬間。但是他的手停下來了，刀子沒有埋進喉嚨，就這樣被收押。

在那之後，少年法庭給他下達的判決，是移送兒童自立支援設施。

以十五歲的少年來說，這是很罕見的判決。

渡邊篤人被隔離到遠離世間喧囂的場所了。

那座設施位在遠離東京之處，從縣政府所在地再搭一小時電車之後，還要轉乘公車，靜靜地建在人煙罕至的山裡。從遠處望去，看起來很像一所普通中學。

安藤在櫃臺報上名號後，稍等了一下。雖然他沒聽說過可以和家人以外的人會面，但應該是特別獲得了許可吧。如果是這樣，渡邊篤人應該相當受到員工信任。

安藤想起，話說結果在那場恐怖行動中，自己還是沒有跟他直接說到話。

儘管他見過比津、灰谷謙、灰谷梓等與案情有深刻關聯的人物們，結果還是一句話也沒跟案件的核心人物說過。

「安藤先生。」一道聲音喊了他。

渡邊篤人站在眼前。

他比案發之前長高了許多，臉孔變得成熟。安藤看到他臉上平穩的表情很是驚訝，因為安藤只對他那充滿悲傷與憤怒的雙眼有印象。不過，現在的渡邊篤人臉上卻掛著爽朗笑容。

「從少年犯罪受害者集會之後，我們就沒見過了呢。」

「嗯，好久不見，你喉嚨的傷沒事了嗎？」

「嗯。」他點點頭。「因為沒有刺得很深，只有傷了表面而已。」

渡邊篤人提議邊走邊說，兩人於是在充滿自然氣息的腹地內緩緩散步。

途中，渡邊篤人告訴安藤設施內的狀況。

「設施有安排園藝時間。我們可以選擇自己想要種植的花卉，但相對的每天都要親自好好照顧。我原本就有想種的花，所以請人寄來給我。」

或許他原本就喜歡聊天吧。

他很開心地持續對話。

安藤邊應聲，邊等待開口的機會。

「我說篤人小弟，我有一件事得跟你道歉。」

「什麼事？」渡邊篤人問道。

「灰谷謙離開少年感化院之後，是我妨礙了他更生，我寫了報導之後，他就失蹤了。」

在那之後，跟比津勾結上的灰谷謙，奪走了渡邊篤人的家人。

儘管安藤沒有包庇灰谷謙惡行的意圖，卻仍覺得自己有一定責任。

「我知道，梓有告訴我。」渡邊篤人的反應出乎意料冷靜。

「所以，安藤先生你能否告訴我你寫出那邊報導的來龍去脈呢？我想知道一切。」

「來龍去脈？」

「無論是要原諒、要恨、要報復、要讓對方反省，首先都必須先弄清楚一切，才能做出決定。」

「這很像你會說的話呢。」安藤笑了。

「其實是裝模作樣。」渡邊篤人低頭致意。「『讓對方反省』這個說法有點囂張呢，對不起。」

安藤盡可能詳細地說明了自己的女友和灰谷謙之間的關係。

途中，渡邊篤人只是默默地聽。

一句話也沒說。

等安藤全部說完之後，渡邊篤人才深深呼了一口氣。

「我明白了。我能理解這一切都是謙的錯，但內心還是有種不舒坦的感覺。如果安藤先生沒有寫出那篇報導，或許就會有不一樣的將來。但是，因為我有求於你，所以我也不能太強硬。」

渡邊篤人這時先停了一拍。

「請告訴我，梓她好嗎？」

「她在案發之後搬家了，案件的相關傳聞還沒有傳到新家所在的地區，目前平靜無事地過著生活。世人目前關注的對象不是灰谷謙，而是比津，應該也不會太糾纏她們母女吧。」

安藤在那之後盡可能詳細地傳達與灰谷梓碰面時的印象給渡邊。

「這樣嗎，太好了。」渡邊篤人呼了一口氣。

他顯得很高興地瞇細了眼睛。

安藤問道：

「你為什麼不直接聯絡她本人？起碼可以寫封信吧？」

渡邊篤人應該知道灰谷梓搬家後的住址。

但據灰谷梓所說，渡邊篤人連一封信也沒寫給她過。

渡邊篤人嘆了口氣。

「因為我欺騙了她。」

安藤一開始不懂他在說什麼。

但看著他陰沉的表情就猜到了。

「難道是你想要自殺那個？」

「我沒有跟她說。」渡邊篤人自嘲般地笑了。「我從一開始就想死，因為我的家人都死了，只有我活著這樣太卑鄙了。」

這句嘀咕總算讓安藤放下了一直很介意的事情。

就是渡邊篤人為何要對全日本洩漏自己的長相和名字。當然，他有想要盡可能確實地阻撓恐怖行動的動機，但不光是這樣，他似乎一直抱持著毀滅的願望。

但他停下了自殺的手。

安藤對渡邊篤人挺出菜刀的瞬間，拚命呼喊他名字的人有印象。

「改變你的是灰谷梓嗎？」

安藤繼續說：

「我實在搞不清楚你和梓之間的關係，你們到底是朋友？報復對象？可以利用的棋子？妹妹的替代品？還是情侶？實際上到底是怎樣？」

「我自己也不清楚。」

渡邊篤人輕輕搖頭。

「我無法原諒富田、比津、灰谷謙，應該會恨他們一輩子，甚至有朝一日可能會刺殺他們，所以這讓我變得搞不清楚梓到底是什麼。我是受害者家人，她是加害者家人，跟她在一起的時候，我的情緒很混亂。到了冷靜下來的現在，我就會想，她對我來說到底是什麼。」

安藤差點要笑出來。

他沒有潑冷水的意圖，只是因為看到渡邊篤人出乎意料的一面而放鬆了雙頰。

「雖然我差點忘了，但你也是個青春期少年呢。」

「當然啊。」渡邊篤人鬧彆扭似地說。

沒錯，渡邊篤人才十六歲。

原本就是會煩惱該怎麼與他人相處的年紀，若對方是異性就更不用說了。

「可是，你遲早會接受整形手術對吧？難道不會想趁現在這個長相的時候去見見她嗎？」

「是這樣沒錯。」

渡邊篤人抱頭呻吟。

這是職員對安藤說明的事項。今後渡邊篤人將接受整形手術，而且也會改名。只要配合青春期的身體變化，或許有可能以完全不同人的身分度過人生。

「說得也是。」

渡邊篤人以溫柔的聲音嘀咕。「……我果然還是想跟梓兩個人，一起抵達我們約定好的場所。」

安藤拍了一下手。

「好，我知道了。那你去跟職員說明，我去找梓來。」

渡邊篤人「咦」了一聲，睜圓了眼。

安藤拍了他的背。

「她在設施外面等著，她堅持要我帶她來，我拗不過她。」

安藤因為好意跟梓聯絡時，她強烈地訴說了自己的希望。

安藤也拒絕過一次，但她非常堅持，甚至打電話到《週刊真實》編輯部。在那之後不知為何跟剛好接到電話的荒川一拍即合，荒川也跑來跟安藤說情。結果，安藤只能帶著灰谷梓一起來。

但看來這樣的判斷沒錯。

設施職員以特例方式許可兩人會面。

在外頭等待的灰谷梓彷彿等不及似地奔了過來。

灰谷梓立刻跑到了渡邊篤人跟前，渡邊篤人尷尬地垂下了眼。

在那之後，兩個人並肩而行，走到長椅邊坐了下來。

一開始兩個人對話起來還扭扭捏捏的。

然而聊天的聲音愈來愈大，兩人也都露出了笑容。

安藤在意他們聊天的內容。

但他也覺得不要偷聽比較好，不禁苦笑。

他沒想過要介入兩人之間，於是決定遠遠觀望就好。
兩個人持續快樂地聊天，後來一起看向花圃。
那是渡邊篤人栽培的花朵嗎？
雪花蓮就開在長椅前。
冰冷的風吹來，安藤將手伸進口袋。安藤不知道他倆在寒冷的天氣之下，坐在屋外長椅上欣賞那種花的理由為何。
一定有一段只有他倆才知道的故事吧。
安藤持續地守候著兩人的背影。

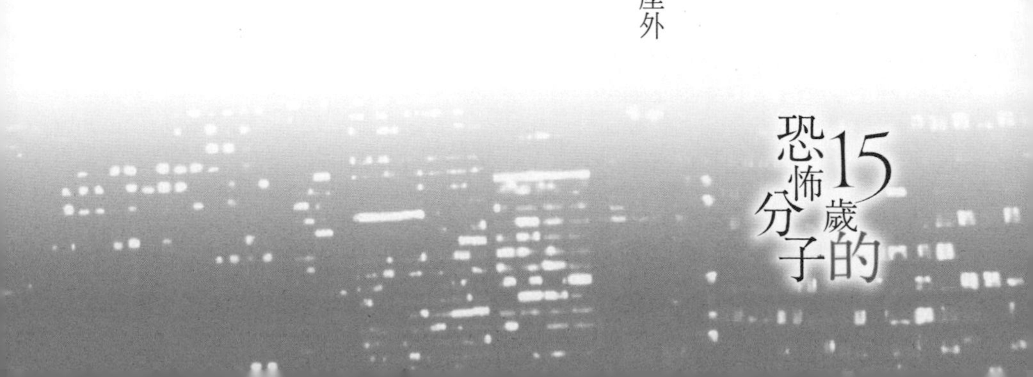

後記

撰寫本書時，參考了以下書籍內容。

《請聽我說——少年犯罪受害當事人手記集》（少年犯罪受害當事人協會著／SunMark 出版）

《少年法入門　第6版》（澤登俊雄著／有斐閣 Books）

《你為何能與絕望搏鬥——本村洋的3300天》（門田隆將著／新潮社）

《做了「壞事」之後，會怎麼樣》（藤井誠二著／理論社）

《少年與罪——案件究竟提出了什麼問題》（中日新聞社會部編／Heureka）

《照亮黑暗——為何小孩會殺害小孩呢》（長崎新聞社報導部少年事件採訪班著／長崎新聞社）

《犯罪受害者與少年法　走向接收受害者聲音的司法》（後藤弘子著／明石書店）

《少年「犯罪」受害者與情報公開》（新倉修編著／現代人文社）

《加害者家族》（鈴木伸元著／幻冬舍）

《「家裁之人」給你的遺言　佐世保高一同級生殺害事件與少年法》（毛利甚八著／講談社）

《殺了福田同學有什麼幫助——光市母子殺害事件的陷阱——》（增田美智子著／The Incidents）

其中尤其以《請聽我說——少年犯罪受害當事人手記集》一書，我在寫稿期間重新讀過好幾次。如果有讀者因為讀了本書，而對少年犯罪的真正面貌稍有興趣，請務必讀讀看那本書。

本書是以二〇一九年一月時的法律制度為基準撰寫。

尤其有關本書開頭，登場人物們談到少年法適用年齡下修的部分，是當前正在法制審議會議論中的論點。在本書發售後可能會出現有所修正，抑或是停止修正的情況，敬請諸位諒解。

請容我懷抱大大的感謝，給帶給我寫作本書契機的各位，以及在本書發行之際給予

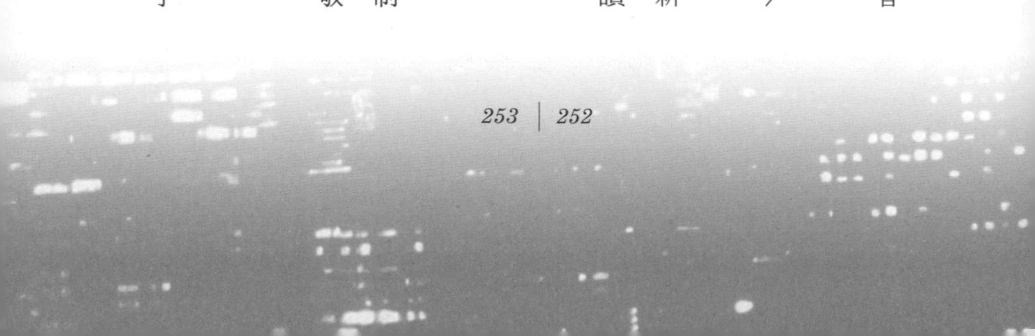

諸多協助的各位，還有閱讀了本書的各位讀者。

松村涼哉

國家圖書館出版品預行編目資料

15歲的恐怖分子 / 松村涼哉作；何陽譯. -- 初版.
-- 臺北市：臺灣角川, 2020.06
面；　公分. -- (Kadokawa light literature)(角川輕.文學)
譯自：15歳のテロリスト
ISBN 978-957-743-835-5(平裝)

861.57　　　　109005324

輕文學 Light Literature

15 歲的恐怖分子

原著名＊15 歲のテロリスト

作　者＊松村涼哉
插　畫＊海凪コウ
譯　者＊何陽

2020 年 6 月 24 日　初版第 1 刷發行
2023 年 9 月 22 日　初版第 5 刷發行

發 行 人＊岩崎剛人
總　監＊呂慧君
總 編 輯＊蔡佩芬
主　編＊李維莉
美術設計＊李曼庭
印　務＊李明修（主任）、張加恩（主任）、張凱棋

台灣角川

發 行 所＊台灣角川股份有限公司
地　址＊104 台北市中山區松江路 223 號 3 樓
電　話＊（02）2515-3000
傳　真＊（02）2515-0033
網　址＊www.kadokawa.com.tw
劃撥帳戶＊台灣角川股份有限公司
劃撥帳號＊19487412
法律顧問＊有澤法律事務所
製　版＊尚騰印刷事業有限公司
I S B N＊978-957-743-835-5